이수의 일기

발　행　2024. 10. 04 초판 1쇄
지은이　전이수
펴낸이　최영민
편　집　전이수
디자인　전이수
인　쇄　미래피앤피
펴낸곳　피앤피북
인스타　@jeon2soo
　　　　@gallery_walkingwolves

ISBN　979-11-94085-11-9　(03810)

이수의 일기

1

차례

2018년

2019년

2020년

2018

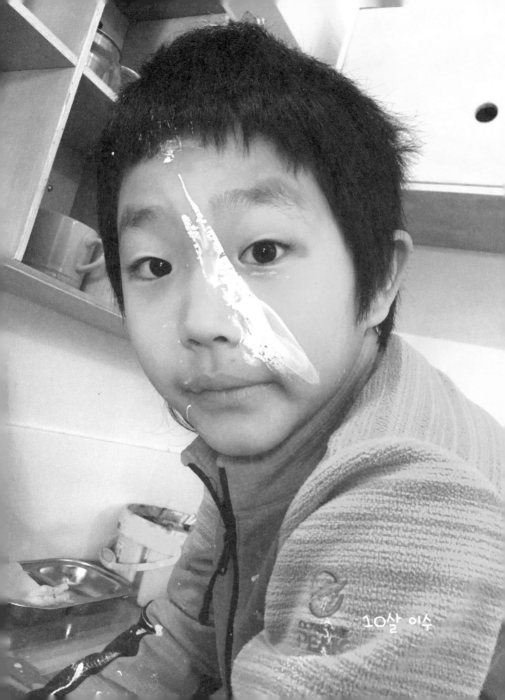

10살 이수

아픔

Date: 2018년 9월 9일

하루는 엄마가 아파서 병원에 갔다.
"어디가 아프세요?" 라고 무뚝뚝하게 묻는 의사한테
엄마는 아주 간절히 대답했다.
어디가 아프며 언제부터 그랬는지에 대한
그 주변 요인에 대해 말하고 있는데, 그찰라에
"어디가 아픈지만 말 하세요!" 라고
단호하게 의사가 말했다.
그때 엄마는 마음도 아팠을 것이다.
환자의 말을 잘 들어 주고 환자에게
"나을 수 있어요. 괜찮아 질 거에요." 라고 말해준다면
정말 환자에게 희망을 줄 수 있는 것이 치료의 첫 걸음이 아닐까
나는 생각한다.
그리고 환자의 말을 잘 들어주는
정말 환자의 마음을 생각하는 의사가
몇명이나 될까 하는 생각에 이르게 되었다.
아픔을 가진 사람들은 꼭 낫기를 바라고
의사에게 희망을 가지고 찾아 온다.
희망찬 말을 듣고 싶을 것이다. 나을 수 있다고!

아픔은 아파본 사람이 다른 사람의 아픔도
더 잘 헤아릴 수 있을 것이다.
사람을 낫게하는 의사는 아픈사람의
마음 부터 치료할 수 있어야 한다고 생각한다.

난 모든 아픈 사람들에게 희망이 담긴 말을
해주고 싶다.
그래도 괜찮다고!
금방 좋아질 거라고 말이다.

욕심

Date: 2018년 10월 12일

난 지금 욕심에 대해 생각하고 있다.
욕심을 부리면 그 욕심때문에 자신 옆에 있었던 것도
심지어 사라진다고 나는 생각한다.
베풀더라도 마음으로 하지 않는다면,
　그것또한 욕심이 될 것이다.

내가 지금 원하는 것을 욕심을 가지고 억지로 찾으려
한다면 물을 거슬러 헤엄치는 것 처럼
난 결국 지칠 것이다.

　하지만 자연스럽게 흐름에 따라 떠내려 간다면
그때 그곳에는 내가 원하는 것이 있을 것이다.
인생도 마찬가지라고 생각한다.
　살아가면서 마음의 탄력을 가지고 산다면
내가원하는 것을 모두 느낄 수 있을것 같다.
　욕심을 내려 놓고...

비오는 날

Date: 2018년 10월 16일

하늘이 운다. 길게 한바탕 운다.
하지만 운다고만 생각하지 않는다.
옛날에 세월호가 바다에 빠졌을 때도 하늘이
뒹굴렸었는데...
하늘은 다 알고있나?
그렇게 아파했다는 것을...
눈물 흘렸다는 것을... 많은 사람들이 말이야.
나도 그때 많이 울었었는데...
그래서 운다고만 생각하지 않는다.
그때 유난히도 비가 많이 왔기 때문이다.
지금처럼...
엄마가 어렸을 시절로 한번쯤은 돌아가보고 싶다.
그 시절엔 미세먼지라는 말도 없었고,
오염되지 않은 연못과 강, 풀밭 그리고 비가 내리는
들판을 마음껏 뛰어 놀았다고 하는데
이제 맨발로 뛰어놀 수 있는 풀밭은
높은 빌딩들과 아파트로 채워져 버리고
연못이며 강, 심지어 바다까지!

다 초록색으로 썩어들어가고 있다.
원래는 이러면 안되는데
생각하면 눈물이 난다.
하늘도 생각하고 우는 것일까?
함께 울자. 실컷 울자.
이렇게 내리는 비로 깨끗하게 씻어낼 수 있다면...
하고 바라면서...

빌리 엘리어트라는 영화를 보고

Date: 2018년 10월 18일

빌리가 발레를 하겠다고 마음먹고
정말 자기가 한 말에 책임지는 용기있는 모습을
보여 주었을 때, 난 빌리의 노력과 굳건한 의지를
배워야 할 것 같다고 생각하게 되었다.
빌리 덕분에 난 많은 걸 생각하게 되었다.
그 중에 가장 기억에 남는 건
하지 말라던 발레를 하는 모습을 보고 화가 난 아빠 앞에서
말로 뱉는 대신 행동으로 보여줄 때다.
그 용기가 내 정신을 깨우는것 같았다.
이 영화에서 남자는 축구, 권투, 레슬링을 하는 거지
발레라는 것은 여자아이들만 하는 거라는
고정 관념을 아버지를 통해 이야기하고 있다.
그런 아버지의 생각을 빌리의 의지로 바꾸게 되는 부분이
굉장히 인상적이었다.
이제 빌리의 생각을 인정하고 빌리의 꿈을 생각해서
희생하는 아빠의 모습이 무척 감동적으로 다가왔다.
그런 빌리는 행복할 것같다.
우리 아빠도 그럴 수 있다고 생각하니까 기쁘다.

난 멋지게 늙을것이다

'로큰롤 인생' 이라는 영화를 보게 되었다.
이 영화는 나에게 많은 이야기를 해주었다.
보는 내내 놀랍고 감동스러웠다.
70, 80 살의 할아버지, 할머니 들이
노래하고, 또 많은 사람들 앞에 서기 위해 공연을 준비를
하면서 연습하는 모습이 참 인상적이었다.
그중 공연포스터를 보며 "난 저 무대 위에 설거야!" 하고
굳은 의지를 보였던, 그렇게 무대위에 서고 싶어하셨던
'밥' 이라는 할아버지가 연습중에 돌아가셔서 마음이 아팠다.
'조' 라는 할아버지는 그렇게 무섭다는
암에 걸렸는데도, 간호사에게 농담도 하면서 이렇게 말한다.
"난 죽는게 두렵지 않아! 난 살면서 내가 하고 싶은 일을
했어." 난 이말을 듣고 이런 생각이 들었다.
'사람들은 내가 진짜 하고 싶은 일을 하지 못해서 죽는게
두려운게 아닐까?' 하고....
난 내가 정말 원하는 일을 해야할 것 같다고
생각했다.
조 할아버지가 그랬던 것 처럼...

호흡이 힘들어 산소주머니를 달고 다니는
프레드 할아버지는 목소라가 너무나 멋진 분이다.

그리고 어떤 할머니는 이렇게 얘기하셨다.
"내가 죽어도 하늘로 올라가지 않고 저 무지개 위에 앉아
너희가 하는 걸 보고 있을 테니까 슬퍼하지 말고
자기 자리에서 하던 연습 계속해," 라고. ...

공연 날이 됐을 때 온 힘을 다해 노래하는
할머니, 할아버지들의 눈빛과 미소는 내가 지금껏
보았던 그 어떤 가수들보다 멋지고 아름다웠다.
할머니 할아버지들의 살아오신 시간만큼 익어있는
목소리어야만 그 아름다움을 느낄 수 있을 거라고
나는 장담한다.
그렇게 녹아 있는 열정을 난 닮고 싶다.
그리고 배우고 싶다.
그분들을 사랑한다.

20

고맙습니다. 저에게 큰 의미를 가르쳐주신
모든 할머니 할아버지의 익어 있는 소리를
저는 기억하고 싶어요.

소유한다는 것

Date: 2018년 10월 28일

가끔 난 무언가에 집착할 때가 있다.
그때 나의 마음은 어?! 나 저거 갖고 싶어.
이것도! 저것도!... 하면서 계속 내가 그것들을 안고
있어야 마음이 편할 때가 있다.
마음이 가라앉을 때가 있다.
시간이 좀 지나고 생각해보면 내가 왜 그랬을까?
되짚어 보게 된다.
사랑도 마찬가지 인 것 같다.
그 사람이랑 함께여야만 마음이 안정될 때가 있다.
그래서 난 10년동안 엄마를 놓아주지 못했다.
지금 생각해보면 내가 안정되는 것보다
엄마가 안정되는 것이 더 중요한 일이라는 것을
엄마가 언제부터 가끔씩 아프기 시작하면서
난 알았다. 엄마가 10년 동안 품고 있었던, 참고
있었던 작은 아픔들이 엄마를 힘들게 한다는 것을.
누군가를 사랑한다는 것은
놓아줄 줄도 알아야 한다고 느낀다.

22

엄마가 잠깐 어디를 갔다 왔어도
나아지지 않는 것은,
10년 동안 쌓인 그 만큼의 아픔이 어떻게 며칠로
해결될 수 있을까?
오늘도 엄마는 아팠다. 나도 아팠다.
엄마는 내게 이렇게 얘기했다.
특별한 사람만 사랑한다고 하는 것이 아니라,
서로 모든 사람을 사랑하고, 또 사랑한다고
말해주는 것이
정말 중요한 것이라고 했다.
난 엄마의 그런 말을 존중한다.
엄마는 나의 가장 친한 '친구'이자 '사랑'이다.
엄마를 소유하고자 했던 나의 이기적인 마음을
이제는 조금 내려놓는 연습이 필요하다고 느낀다.
엄마를 사랑한다.
그리고 모든 사람에게 말하고 싶다.
고마워! 사랑해!

내 흠은 잘 못보는데 남의 흠은 너무나 잘 보인다.

Date: 2018년 11월 8일

나는 내 속에 있는 나를 끄집어 내어 잠시 앞에 두었다.
내가 나를 보지 못하기 때문이다.
아침에 눈을 떴을때 엄마가 옆에 없다고
울부짖는 동생을 나무라고,
반찬투정하는 동생에게 그냥 먹으라고 다그치고,
짜증내는 동생을 짜증 내지 말라고 명령하는
내 모습이 어땠는지 나도 솔직히 잘 모르겠다.
아마 참 싫었을 것 같다.
동생들의 입장에선 다 이유가 있는 행동일 텐데,
울고, 짜증내고, 소리 지를때, 내 마음이 조급했나보다.

엄마는 나무라지도, 다그치지도, 명령하지도 않는다.
시간이 조금지나고 나서 엄마는 내게 얘기해 주었다.
너도 예전에 지금의 동생들과 똑같았다고.
그러니 잠깐 기다려 주자고.
가만히 생각해보니, 나도 아침에 눈을 떠서
엄마가 옆에 없으면 가끔 눈물이 핑 돌때가 있고,
밥먹을 때 먹기싫은 반찬이 나오면
괜스레 투정을 부릴 때도있고,
또 괜히 마음 속에서 짜증이 올라올 때도 있었다.

24

그때마다 엄마는 오늘 내가 동생들에게 한 것처럼 그렇게 성급하게 행동하지 않았다.

엄마는 항상 다른 사람의 마음을 먼저 알아준다.
가끔 난 다른 사람의 일에 지적하는 말을 할때가 있지만
그런 나 조차도 나를 발견하지 못한다.
오늘 나에게 말한다.
"사람들은 그럴 만한 이유가 있어.
그게 답답하다고 말하지만 기다려주어야해.
너도 그랬잖아!"

작가의 방

H-10

행복해진다는 건

Date: 2018년 11월 15일

해가 떠있다.
나도 같이 일어났다.
꿈을 꿨다.
어두컴컴한 기다란 방이 있었다.
그 곳엔 아무것도 없었고 하나의 빛만 있었다.
그 빛은 요리조리 움직이고 있었다.
난 그 빛을 잡으려고 같이 움직였다.
그 빛이 내 손안에 들어왔을 때에 난 살며시 손을
들여다 보았다. 반딧불이 였다!
난 기분이 아주아주 좋아졌다.
그게 행복이라고 느꼈다.
그 행복을 고스란히 가지고 일어났다.
내가 그 빛을 잡은 것처럼
지금 이 순간을 잡을 것이다.
따사로운 햇빛이 나를 비추일때 나는 행복하다.
오늘을 시작하는 힘을 주는 것 같다.
일어나면 엄마가 나를 제일 먼저 반겨준다.

"잘 잤어? 오늘도 행복하게 지내자. 힘내자!"
라는 말과 함께 한 번 웃어주는 그 미소에서
행복해진다는 것은
그리 어려운 것이 아니다
　난 순간 순간을 놓치고 싶지 않다.
　그게 행복이라는 것을 알기 때문이다.
　드디어 오늘 하루가 시작된다.
　오늘도 흥미진진한 날이 될 것이다.
　행복한 날이 될 것이다.
　내가 된다고 생각하면 정말로 되니까!

우태의 눈물

Date: 2018년 11월 19일

11월 19일,
내동생 우태가 태어난 날이다.
우태가 기다리고 기다리던 스테이크를 먹기 위해
1시간 거리의 먼나들이를 가기로 했다.
사실은 내가 더 기다렸다.
나도 스테이크가 먹고 싶었기 때문에.

우태가 2년 전에 먹고 너무 맛있게 먹은 기억이
있는 집이라고 했다.
그래서 생일날까지 기다렸다가 가기로 한 것이다.
얼마나 가슴이 부풀어 있었는지 우태는 가는 내내
콧노래로 신이 나 있었다.
나 또한 그랬다.
드디어 레스토랑에 도착했을 때,
우태랑 나는 입구까지 마구 달려가 살며시 문을 열고
들어갔다.
그런데 어떤 누나가 들어오면 안 된다고 하는 것이다.
이해가 되지 않았다.
꿈쩍도 않고 서 있는 우태의 등을 문쪽으로 떠밀며
"들어오면 안돼요." 한다.

그래서 난 "저희도 밥먹으러 온 거예요." 했더니,
"여기는 노 키즈 존이야." 누나는 이렇게 얘기했다.
"그게 뭐예요?" 하니까,
"애들은 여기 못들어 온다는 뜻이야." 한다.
무슨 말인지 도저히 모르겠다.
"우리는 밥먹으러 왔다니까요. 오늘 제 동생 생일 이거든요!"
누나는 화가 난 채로 다시 말했다.
"너희는 여기 못들어와! 얼른 나가!"
난 기분이 좋지 않았다.
우태는 실망한 얼굴로 조금씩 발을 옮기고 있었다.
문 밖을 나와 우태를 보니 눈물을 주르르 흘리고 있었다.
그때 마침 엄마가 와서 우태를 보았다.
"우리는 못 들어가는 식당이래." 했더니, 엄마는
"예전엔 다같이 왔었는데 그럴리 없어." 한다.
엄마도 들어갔다 한참 후에 나와서는,
"안 되겠다. 우리 다른데 가자. 우태야, 여기 식당에
요리하는 삼촌이 귀 수술을 했나봐. 당분간은 조용히 해야
낫는데, 그러니까 우리가 이해해 주자." 하고 말했다.

31

난 안다. 엄마의 얼굴이 말 해주고 있었다.
우태의 슬픔은 내 마음도 엄마의 마음도 아프게 했다.
우태는 돌아가는 내내
"먹고싶어! 아무 말 안 하고 먹으면 되잖아." 하고 울었다.
조용히 우태를 안아 주는 엄마의 눈에도 슬픔이 가득해 보였다.

어른들은 조용히 있고 싶어 하고,
아이들이 없어야 편안한 식사를 할 수 있다는 건 이해할수있어.
하지만 난 생각한다.
어른들이 편히 있고 싶어 하는 그 권리 보다
아이들이 가게에 들어갈 수 있는 권리가
더 중요하다는 것을 말이다.
그 어린이들이 커서 어른이 되는 거니까.
어른들은 잊고 있나보다,
어른들도 어린아이 였다는 사실을 . . . .

얼마전에 보았던 영화 〈인생은 아름다워〉 에서
아빠에게 질문하는 아들의 대사가 생각난다.
"아빠! 왜 개와 유대인은 가게에 들어갈 수 없어요?"

어른들은 잊고 있나 보다.
어른들도 어린아이였다는 사실을...

살아가는소리

Date: 2018년 12월 5일

아침 일찍 난 눈을 떴다.
그런데 밖을 보니 아직 어두컴컴하다.
문득 이렇게 일찍 일어나 바깥을 걸어보고 싶다는
생각이 들었다.
그래서 조용히 문을 열고 밖으로 나왔다.
문턱에 걸터 앉아 운동화를 신고
한 발 한 발 문 밖으로 걸어 나가는데....
새벽공기가 무척 상쾌하다는 것을 알게되었다.
나는 발걸음을 옮기기 시작했다.
조금 가다보니, 길가를 쓸고 계시는 할머니를 보게
되었다. 왠지 빗자루 쓰는 소리가 크게 들린다.
그리고 또 어떤 큰 차가 와서 아저씨들이
내렸다가 쓰레기를 들고 옮기며 열심히 일을 하고
있었다. 그 아저씨들의 힘겨운 숨소리가
얼마나 크게 들렸는지 모른다.
그렇게 계속 걸어가다가 지하도에 다다르게
되었다. 그런데 계단에서 머리를 숙이고 몸을
움추려 엎드려 있는 한 사람을 발견했다.

34

온몸을 떨며 그 곳에서 긴 밤을 보냈을 생각을 하니
마음이 아팠다.
　난 쉬지 않고 걸어갔다.
　그런데 갑자기 더위가 밀려왔다.
　견디기 힘든 더위였다.
　흙먼지가 날려서 눈을 뜨기도 힘들었다.
　많은 아이들이 내 눈에 보이기 시작했다.
그 아이들의 눈빛은 내가 알지 못하는 만큼 간절해
보였다. 배가 고파 힘이 없어 울지도 못하는 그 아이의
숨소리가 아주 크게 들렸다.
　난 다시 뒤를 돌아 보았다.
　그곳은 아주 복잡한 곳이었다.
　높은 빌딩속에 수많은 사람들이 보였다.
　아주 무거운 짐들을 들어 올리고 있는 사람들.
　새벽부터 오토바이를 타고 신문을 나르는 사람들.
　소리를 질러대며 장사하는 사람들.
너무 바쁘게 살아가는 그 사람들의 땀흘리는 소리가
크게 들린다.

난 그곳에서 빠져 나와 다시
걷기 시작했다.
 가다보니 엄청 높은 산 중턱에 와 있었다.
 무너져 내릴 것 같은 지붕 아래
 할아버지 혼자서 힘없이
숟가락을 들고 밥을 뜨고 계셨다.
 반찬은 김치 한조각, 간장그릇하나.
 오랜 세월의 슬픔들을 한 숟가락 한 숟가락
 삼키고 있었다.
 그리고 누군가를 무척 기다리는 듯 해 보였다.
 그래서 나는 서서히 다가가 손을 내밀려는데
난 눈을 번뜩 떠버렸다.
 꿈을 꾼 것이다.

 난 생각했다.
 함께 살아가는 우리들은
서로 나누며 아껴 주어야 한다고...

이렇게 살아가는 많은 사람들 소리에
진정 관심을 가지고 귀 기울이는 사람은
얼마나 될까?
내가 평상시에 귀 기울이지 못했던 작은 소리들
살아가는 중요한 소리들을
난 잊지 않겠다고 다짐했다.

눈치

Date: 2018년 12월 12일

내가 알고 있는 어떤 형은 눈치를 많이 본다.
눈치 없다는 소리를 너무 많이 들어서 그런것 같기도 하다.
손님이 오면 끼어들어 말한다고 눈치없다 혼나고,
뭐라하면 말대답 한다고 혼이 난다.
형의 눈은 점점 바빠진다.
어떤날은 아무것도 하지 않고 앉아있는데도 그 형아는
정신이 없다고 말 할 정도로
요리조리 습관처럼 눈을 마구 움직인다.
난 형아가 왜 그렇게 눈을 바쁘게 움직이는지 궁금했다.
그래서 형아가 우리 집에 올 때마다 자세히 바라보게
되었다.
어떤 날은 그만 먹으라는 소리에
언젠가 부터 뒤돌아 혼자 몰래 먹는걸 보게 되었다.
"배 나온다!" 소리에 구부정 하게 몸을 굽혀 배를 숨기려 하고,
어깨를 움츠리는 습관이 생겼다는 걸 알게 되었다.
그리고 "그렇게 걷지마!" 라는 소리에
자주 아래를 쳐다보는 모습도 보였다.
이모의 다그침이 형아의 몸을, 아니 습관을 만들고 있었다.

왜 형아는 공부를 싫어하게 되었을까?
교과서만 보면 짜증이 난다고 한다.
형아는 책을 펼쳐놓고 책상에 앉아서
나를 힐끗 봤다가 이모를 힐끗 봤다가
"빨리 해!" 라고 하면
바로 머리를 책으로 바짝 가져간다.
형아는 조금만 잘못 말해서 혼이라도 나면
눈물을 글썽인다.
그리고 와서 눈치를 본다.
스스로 하고 싶은 말이 있어도 눈치를 보고 말하고,
가고 싶은 곳이 있어도 눈치를 보고 말한다.

어떤 답이 돌아와도 내가 하고 싶은 말을 할 수 있어야
하고, 하고 싶은 일을 당당히 할 수 있어야 한다.
그게 무엇이든,
다른 사람의 눈치보다
내 마음을 보는게 중요한 것이 아닌가?
오늘은 이런저런 생각에 끄적여본다.
나 또한 누구 눈치를 보고 살아가는 건 아닌지
되돌아 봐야겠다.

우리의 언어

Date: 2018년 12월 19일

우리의 세계에는 우리의 언어가 있다.
하지만 어른들은 우리의 언어를 잊어 버렸나보다.
원래 어른들도 예전엔 아이였다.
우리의 언어를 알기 위해서는
우선 우리의 마음을 볼 수 있어야 한다.
그래서 입으로 뱉어지는 언어는
곧 마음의 언어로 번역 되어야 한다.
나는 우리집에서 가끔 번역자의 자리를 맡기도 한다.
그 계기는 처음에 내 막내동생 유담이가
소리를 지르며 울 때 옆에서 지켜보던 내가
짜증이 나서 "그만좀 해!"라는 말이 불쑥 나왔다.
그때 엄마는 내게 이런 말을 해주었다.
유담이가 소리 지르고 울 때는 '나 안아줘'란 말이고
유담이가 "나 나갈꺼야!"라고 협박 할때는
"나 화났어!"란 말이라고...
난 그때 알았다.
그리고 생각 했다.

나 또한 마음의 언어를 어른들이 모르는
언어로만 표현하고 있었다는 것을...
어른들은 "왜그래? 뭐 때문에 그래? 답답해!
빨리 말해 봐!"라고 다그치지만
우리는 번역해 주기만 기다릴 뿐,
진짜 내 안에 있는 말을 잘 하지 않는다.
내 동생 유담이는
갑자기 짜증내고 고집 피울 때가 있다.
그 때마다 난 엄마의 말을 떠올리려 한다.
번역을 해서 들으면 아마도
"엄마! 나 안아줘!, 관심 가져줘, 이뻐해줘"
일 것이다. 내동생 우태, 유담, 유정이는
조금 마음에 안 드는 것이 있으면 엄마한테 가서
이른다. 그럴때댄
"엄마! 나 이것때문에 싫어. 내 마음좀 봐줘"
이런 것이다.
그리고 동생들 끼리 다툼이 있을 때
난 동생들의 번역자가 되기도 한다.

41

내 동생들을 봤을 때 또는 다른 친구들을
봐도 이젠 모두 번역이 되어 들리기 시작했다.
난 이렇게 조금씩 변해간다.
우선 가장 좋은건 내 마음이 편해졌다는 것이다.
마음이 편해지니까 말도 이쁘게 나간다는 것이다.
내가 이렇게 어린 아이 인 것처럼
엄마도 그랬다고 한다.
그걸 아는 어른이 되어 우리를 바라봐주는
엄마가 고맙다.
나는 커서도 아이들이 표현하는 마음의 언어를
엄마처럼 잊지 않을 것이다.
그런 아빠가 될 것이다.

메리 크리스 마스

난 크리스마스만 되면
아주 따뜻한 느낌이 든다.
하늘에서 떨어지는 눈이 나의 마음을 흔들어 놓기
때문에...
크리스마스는 모두가 착해지는 날인 것 같다.
'작은 아씨들' 이라는 책을 보면,
크리스마스의 한 장면이 나온다.
가난한 옆집 할머니에게 아침밥을 선물 하려고
차려놓은 아침 식사를 바구니에 담아 식탁보를
챙겨 하얀 눈을 밟으며 줄지어 할머니의 집으로
걸어가는 작은 아씨들의 뒷모습이 머릿속에 그려진다.
아침밥을 굶었는데도 모두가 행복해 보인다.
어떤 화려한 선물이 아니더라도
누군가를 위해 내것을 아낌없이 내어주는
이 따뜻한 마음을 나는 이 책에서 선물 받았다.
크리스마스는 아마 365일 중 가장 뜨거운 날 일
것이다. 모두 차가운 눈으로 덮여 있지만,
우리의 마음속은 어느때 보다 가장 따뜻한 것 같다.

무엇을 봐도 뭔가 다 좋게 보이는 ㄸ대가 있다.
난 그 때 모두가 그런 것 같다 라는 생각을 했다.
 인사를 원래 잘 하지 않았던 사람도
크리스마스가 되니까
" 메리 크리스마스!"라고 말해준다.
 모르는 사람도 모두 인사를 해주니까
정말 좋은 것 같다.
난 그래서 크리스마스가 다가오면
 아주 들떠있는 것이다.
 오늘은 너무 신이 난다.
 오늘은 12월 25일 크리스마스이기 ㄸ대문이다!
야호~~~!

크리스마스는
아마 365일 중 가장 뜨거운 날일 것이다.

강인함

강하다는게 무엇일까?

어릴때 엄마가 읽어준 동화가 생각난다.

힘이 무척 센 사자에게 상상도 못할 도움을 주게되는 쥐와,

세상에서 가장힘이 세다고 으스대는 교만한 늑대와,

뭐든 할 수 있는 똑똑한 머리를 가져서

개에게서 고기 뼈다귀를 뺏는 여우 이야기

난 그 이야기를 들으면서 생각했다.

'힘이 센 것도, 머리가 똑똑한 것도 나를 중심으로 쓰인다면

그리 예쁘지 않구나.'

결코 그 힘을 제대로 쓰이는 것이 아니라고 생각했다.

난 오늘 내가 그리 강하지 못함을 보았다.

아빠 말로는 내동생 유정이는 다른 아이들과

시간 개념이 조금 다르다고 한다.

그래서 유정이는 많이 답답하다.

우리가 아는 것을 못알아 듣고

우리는 당연히 할줄 아는 것들도

유정이는 속이 터질때까지

쳐다보고, 보채고, 해줄때까지 물어본다.

유정이는 우리보다 많이 느리다.
그래서 엄마가 힘이 들때가 많다

이런 유정이와, 동생 우태, 유담이와 강아지 토토를 데리고
산책하다가 지나가는 차를 피하려고 길가에 멈춰 있는데,
내가 여러번 얘기해도 유정이가 자꾸 움직이는 바람에
운전하시던 삼촌이 창문을 내리고 화를 냈다.
그러다 유정이가 다시 말을 안 듣자,
"너 바보냐? 왜 자꾸 들어와?" 하고 소리를 지르셨다.
"죄송합니다." 했더니
"너네 바보 동생이나 잘 챙겨!" 한다.
그 때 우태가 소리를 질렀다.
"내 동생 바보 아니야!"
하고 손에 쥔 풀, 꽃다발을 차에 던졌다.
삼촌이 화가 난 채로 차에서 내려서 소리를 지르며 다가왔다
우태는 유정이 앞을 막고 우뚝 서서 눈을 부릅뜨고 있었다.
난 아무말도 못했다.
지나고 나서 우태가
"형아가 바보야! 왜 아무말도 못해?"라고 한다.

47

집에 돌아와 난 혼자 생각했다.

진정 큰 힘은 흔히 사람들이 말하는 강함에 있지 않고,

내가 가지고 있는 힘을 바르게 쓰는데 있는 것 같다.

오늘 우태가 약한 동생을 지키려고 힘이 굉장히

세 보이는 큰 삼촌 앞에서도 꿈쩍 않고 대항하는 걸 보고

여러가지 생각이 들었다.

앞으로는 마음의 힘을 길러 그 힘으로 다른 사람에게

바른 용기를 주며 직접 모범이 되어 보낼거라고...

조금더 용기를 내어 나를 다시 돌아보게 된 하루였다.

내가 생각하기에 강한사람은

나보다 약한 사람에게 더약하고 낮은 자세로 대하며,

약한 사람을 위해서 나보다 강한 사람에게 굴복하지 않는

사람인 것 같다.

우리 엄마처럼,

오늘 우리 우태 처럼...

진정 큰 힘은 흔히 사람들이 말하는 강함에 있지 않고,
내가 가지고 있는 힘을 바르게 쓰는데 있는 것 같다.

택배

우린 택배 받는걸 아주 좋아한다.
누군가가 우리에게 상자를 내밀면
그게 무엇이 되었든, 우리는 꼭
선물을 받는 기분이 들었기 때문이다.
우리는 택배 아저씨가 오면
밖으로 뒤쳐 나와 서로 택배를 받기 위해
전력질주 한다.
  그리고 서로 뜯어보려고 덤빈다.
  그걸 쳐다보던 아저씨는 "하하하!" 하고
웃으신다.

  어느날 "택배 왔습니다!" 하고 굵은 아저씨의
목소리가 들려서 부리나케 뒤어 갔는데...
  우태가 서 있었다.
  무슨 일인지 빈상자를 내밀며
"택배 왔습니다" 하는 것이다.
"장난하지마! 깜짝 놀랐잖아! 진짜 택배
  온줄 알았네."

50

"형아! 난 택배가 오면 즐거워져! 다른 사람들
에게도 이 즐거움을 많이 나누고 싶어."
라고 말했다.
그 뒤로 우태의 꿈은 택배 아저씨가 되는 것이었다.
우태는 "택배 왔습니다." 하고
매일매일 연습하기 시작했고,
자고 있는데도 "택배 왔습니다" 하고
중얼거렸다.
우태는 진짜 택배 아저씨가 되려나보다.
우리가 택배를 받으면 기분이 좋은 것처럼
우태는 다른 사람의 기분을 좋게 만드는 게
기분이 좋다고 한다.
우태가 그런 뜻에서 택배 아저씨가
된다고 하니 나 또한 기분이 좋아졌다.
구름이 내리는 비와 눈처럼
사람들에게 고스란히 우태의 마음이
닿았으면 좋겠다. 난 이런 동생이 좋다.
난 이런 사람이 좋다.

2019

11살 이수

내 마음속 나무

Date: 2019년 1월 3일

난 아침에 일어나면 항상 행복하다.
매일 아침 엄마가
" 잘 잤어? 오늘도 행복하게 지내자." 라고
말해준다.
그런 소박한 곳에서 부터
내 마음속 나무는 오늘도 줄기차게 가지를 이어
나간다.
난 살면서 하루라도 행복의 나뭇잎을
피우지 않은 적이 없었다.
슬프고 화날때도 있었지만 우리가족들이 언제나
힘을 주었다.
그 덕분에 난 화가 나거나 슬플 때도
언제나 마음속엔 행복 이라는 희망이 있었다.
그래서 언제나 웃을 수 있었다.
모든 사람들에겐 늘 행복이란 존재한다.
하지만 어떤 사람들은 행복이 아주 멀리 있는 것
처럼 행복을 쫓는다.

나는 아침이 좋아 상쾌한 기분이 들고
그리고 내게 주어진 시간과 이렇게 글을 쓰고
있어서 또 누군가가 먹을 것을 주어서
또 따뜻하게 잘 수 있어서
내 생각을 해주는 사람이 있어서 행복하다.

이렇게 생각하면 행복하고 감사한 것들이
많다.
가끔 누군가를 만날 때
행복하지 않다고 말하는 것을 들을 때 난 생각한다
그건 행복하지 않다고 먼저 생각하기 때문에
그런건 아닐까 하고 . . . . .

아니면 내 마음대로 안 되니까 행복하지 않다고
생각하는 것일 수도 있다.
그래도 가만히 생각해 보면,
내 마음대로 되는 일은 원래 당연히 되는 것처럼
내 버려 두고 행복하다 말하지 않지만,

안되는건 안 된다고 불평하게 되는 것 같다.
그래서 난 반대로 생각한다.
안되는 일은 잠시 내버려 두고
되는 일은 된다고 행복해 하는 거다.
행복은 이렇게 내가 생각을 조금만 바꾸어도
커지는 것 같다.
하나씩 가지를 뻗고 연한 초록색 잎을
조금씩 틔우는 것처럼
내 마음속에 아주아주 큰
행복의 나무를 키워 보자.
행복은 이렇게 나 자신 안에 있는 것 같다.
오늘도 모두가 행복한 날이 되었으면 좋겠다.

아직도 슬프냐

2019년 1월 14일

오래 전부터 내가 기록해 두었던 노트가 사라졌다.
내가 늘 보관해두던 상자에 누군가 들어온 모양이었다.
꼭꼭 숨겨놓았는데 어떻게 사라질 수가 있을까?
난 깜짝 놀라서 온 집을 다 뒤지기 시작했다.
엄마에게 우태에게 동생들에게 못 봤느냐고
소리를 질러댔다.
갑자기 튀어나온 괴성때문에
모두들 눈이 휘둥그레졌다.
찾아야만 한다는 생각이 머릿속에 꽉 차있던 나는
무슨말을 하는지 앞뒤가 없다.
목공실 앞을 뒤어 지나갈때 누군가 있다는
느낌이 들어 다시 뒷걸음쳐서 들여다보니,
유정이가 책상에 앉아 뭔가 열심히 칠하고 있었다.
불길한 마음으로 가까이 다가가 들여다 보았다.
목공본드를 붓고 모래를 뿌리고 가위로 자르고
겉 껍데기는 사포질을 했는지 헤어져 있었다.
내 노트였다.
난 갑자기 눈물이 났다.

57

난 지금 그 노트를 안고 있다.

내 마음이 사포질된 것처럼 따갑고 아프다.

나의 첫번째 책 '꼬마악어 타코'의 그림들도
유정이가 검정색 크레파스로 다 그어놔서 사라졌는데..

1년동안 나의 새로운 이야기들이 이렇게 다 사라지고
있어서 마음이 괴롭다.

점심때가 지나고 저녁 때가 지났는데도,

오늘 나의 마음엔 구름이 끼어 있다.

아직도 비가 내릴락 말락 한다.

'많은 사람들도 자신의 기록을 잃어버렸을때,
 이렇게 느낄지도 몰라...'

라고 말해보며 마음을 달래본다.

마음은 아주 조심히 다루어야 한다.

마음은 다치면 오래가기 때문이다.

그 상처는 아물기가 정말 어렵다고 생각한다.

지금 안개가 끼었다.

나의 기쁨은 보이지 않는다,

가까이에 있는지 멀리 있는지도 보이지 않는다.

그 기쁨도 안개속에 숨어서 언제 나를
즐겁게 해줄지는 몰라도 . . .
  아직 슬퍼하는 것은 내가 그 노트를 마음에서
내려놓지 못하기 때문이다.
  그러므로 즐거움도 그 거리만큼
   멀어져 가는 것 같다.

그 어떤 것도 사람보다 중요할까

Date: 2019년 1월 15일

그 어떤 것도 사람보다 중요한 물건은 없다고
생각한다.
오늘은 나에게 소중한 날이다.
중요한 것을 배웠기 때문이다.
끝없는 외로움이 덮친다 해도
그것은 성장의 한 걸음이고, 그건 나의 친구였다.
내가 잘 되지 않는 단점을
내 동생 유정이에게 많이 배우고 싶다.
다른 사람한테 혼이 나더라도
기분 좋지 않은 소리를 듣더라도
슬픔이 찾아올 때에도
내가 "유정아" 하고 웃으면, 5초도 안 지나서
"헤헤헤" 하고 웃고 다 까먹어 버린다.
정말 신기하다.
유정이는 남들보다 더 느리게 크지만
이런 부분에서는 그 누구보다 큰 사람 같다.
난 언제까지 슬퍼하고 싶지 않다.
어서 일어나 다시 뛰어 다닐 것이다.

지금 이 슬픔은 아무것도 아닌걸 나중에 또
알게 될 테니까.
그 걸 알면서도 계속 반복하고 있는 내가
그래도 쪼금 달라진 것이 있다면,
전보다 빨리 알아차린다는 것이다.
아직 많이 모자라지만 이런 나에게 그래도
칭찬해주고 싶다.
이미 다 까먹은 우리 유정이와
오늘은 놀아줘야겠다.

뉴턴의 관성의 법칙처럼
우리의 기쁨은 누군가의 방해를 받지 않는다면
오늘 아침의 기쁨은 계속 간다.
그렇게 우리는 행복하다.
그렇게 나와 유정이는 행복하다.

한 조각에 바뀐 마음

Date: 2019년 1월 31일

언제 부터인가 유담이의 짜증 섞인 목소리와
떼 쓰는 징얼 거림이 내귀를 괴롭힌다.
마음속에서 조금씩 올라오는 화를 못 참아서
엄마에게 다가가 "엄마 난 유담이가 아무것도 아닌건데도
저렇게 짜증을 내는지 모르겠어, 안그랬음 좋겠어"
하고 투덜거렸다.
엄마도 나와 같은 생각일 거라 생각하고 말했는데,
엄마는 생각지도 못한 이야기를 했다.
"유담이가   잘못되었다는 것 보다
우리가 유담이를 그렇게 만든 건 아닌지 생각해
보는건 어떨까?"라고.
그래서 나는 유담이에 대해서 진지하게 생각해
보았다.
그러고 보니 내 일을 한다고 다가오는 유담이를
밀어낸 적도 있었고,
공주놀이를 하자고 하면 그것보다 축구를 하고
싶어서 우태랑만 놀았고,
"유담아 나중에" 라고 말해 놓고 지키지도 않았고,

"오빠 나도 끼워줘" 해서 같이 하게 되면,
계속 넘어지기만 하고 방해된다고 뭐라 하기도
했었던 나의 모습이 하나씩 떠올랐다.
지금 생각해 보니 유담이는 외로웠을 것 같다.
그래서 관심을 얻으려고 짜증을 내고,
사랑을 받고 싶은 욕구를 물건에 욕심을 낸 건 아닐까?
생각했다.
"엄마 우리가 그렇게 유담이를 만들었다면,
우리가 그걸 다시 되돌려 놓아야 한다고 생각해"
엄마는 웃어주었고, 나를 안아 주었다.
생각을 바꾸니 마음이 편안해졌다.
난 성질을 내고 있는 유담이에게 다가가 웃으면서 말했다.
"유담아 오랜만에 오빠랑 신나게 놀아볼까?"
유담이는 그냥 관심을 가지는 것만으로도 정말
좋은가 보다.
내가 유담이와 이야기 나누고, 마당에서 빙글빙글
돌기만 했는데도 내가 너무 좋다고 하며,
아껴 놓았던 과자들, 사탕, 젤리, 같은 것들을

나눠 먹기 시작했고,
유담이가 엄마 한테 달려가
" 엄마! 나 오빠가 진짜 좋아! 아무것도 없어도 오빠만
있으면 돼."
내가 바뀌게 된 한 조각의 생각이 유담이의 마음을 바꾸고
나의 마음도 따다뜻해져 왔다.
유담이가 이렇게 행복해하는데 왜 여태까지
그대로 내버려 두었을까?
유담이가 잘못했다고만 생각했었고,
그 원인이 우리에게 있다는 사실을 몰랐었다.
본래 착하고 이쁜 유담이의 마음을
찌푸린 못난 마음으로 만들 뻔했다.
한 조각의 마음 알지라도 카멜레온 처럼
수많은 색깔로 변화되며
보호 본능을 일으켜 남이 알아보지 못하도록 보호색을 덮는다.
그러나 자세히 들여다보기 시작하면
숨은 그림찾기 하듯
찾기만 하면 확실히 볼수 있다. 난 알아보지 못한

유담이의 마음을 이제는 확실히 볼 수 있다.
내가 먼저 이쁜 말을 던지면 유담이도 웃고,
이쁜말을 던지게 되어 있다.
유담이가 못난 말을 하더라도,
내가 다시 이쁜 말로 대꾸하면,
  유담이는 금새 못난 말을 버릴 것이다.
그렇게 내가 만든 유담이의 외로움을
내가 다시 채워줄 것이다.
오늘 유담이를 통해 내가 배운 한가지는,
  밝고 따뜻한 말은
그 어떤 어둡고 강한, 화난 말에도 이긴다는 것이다.
  마음이 처음   만들어졌을 때 부터
  사랑은 그 안에 있었다고 생각한다.

자작곡 - we All love Sunday

머리를 돌려 다른 사람을
생각할 수 있는 마음

Date: 2019년 2월 27일

우리 외할아버지는 아주 친절하고 멋진 분이다.
겉으로 보기에는 까만 얼굴에 매서운 눈매와 거친
얼굴 선이 자상함과는 거리가 멀게 보일지도 모르겠다.
하지만 난 태어나서부터 지금까지 그런 할아버지를
바라보고 커서 그런지
겉으로 보이는 모습과 마음이 꼭 같은것은 아니라는 것을
할아버지를 통해 알게 되었다.
할아버지는 언제나 바쁘다.
할아버지가 집에 있는 동안은 할머니가 일하는 것보다
할아버지가 하는 일이 더 많아 보인다.
할아버지의 손은 늘 쉴새 없이 움직이고 있다.
할아버지 집에 들어가면 할아버지가 밥도 하시고,
설거지도 하고 계시고, 잠시 있다 고개를 돌려보면
다림질을 하고 계시고, 또 고개를 돌려 할아버지를
보면 빨래를 널고, 화초에 물을 주고, 우리들이
뭐 먹고싶다 하면 부침개를 부쳐주시고, 잠시도
엉덩이를 붙이는 일이 없어 보이는 우리 할아버지는
할아버지 생일날 까지도 밥상을 차리고

계신다,

엄마와 할머니가 "아빠 생일인데 아빠가 상을
차리면 어떡해?" 하고 말하면,

할아버지는 "아이고 누가 차리는게 뭐 그리 중요하노?
같이 먹는게 중요한기라!" 하신다.

난 왠지 할아버지의 이런 모습이 익숙해진 것 같다.

가끔 할아버지가 제주도 우리집에 오실 때에도
할아버지는 신발을 벗자마자 우리 집 일을 하기 시작한다.
엄마가 안해도 된다고 하는데도 설거지를 하고,
밥을 차리고 청소를 하고, 나와 동생들이 공기놀이 하자
하면 함께 하고,
유담이가 '보리보리 쌀' 하자고 하면 그만하자고 할
때까지 웃으면서 해주신다.
내가 옆에서 봐도 귀찮을 것 같은 때가 많은데도
할아버지는 늘 허허 웃으신다.
할아버지가 다시 집에 돌아가는 마지막 날 조차도
집안일 하느라 왔다갔다 할 때, 엄마가

"아빠! 인제 그만하고 쉬어~"라고 말하면,
할아버지는 이렇게 얘기한다.
"내가 가고 나면 이것들을 다 나가 해야될거 아이가?
내가 있는 동안 만큼은 니가 쉬어야제, 편히 앉아 있어!
아빠가 할게."
  할아버지를 공항에 배웅하는 내내 이 말이 자꾸 떠올랐다.
그 말에서 할아버지가 엄마를 얼마나 생각하는지 느껴진다.
그날 밤, 자기전에 엄마가 내 어릴적 얘기를 해주었다.
  할아버지는 우리집에 오시면, 내 천 기저귀를 다 손빨래하고
말려서 예쁘게 포개어 놓고,
밥도 먹여주고, 업어주고, 며칠이라도 엄마를 쉬게 해주고
싶어서 내가 새벽에 깨기라도 하면 할아버지가
기저귀 갈아주고, 내가 똥을 싸면 주전자에 끓인 따뜻한
물과 차가운 물을 적당히 섞어 세숫대야에 받아와서
내 엉덩이를 씻기고 업어서 자장자장 재웠다고 했다.
40년이상 피워온 담배도 나를 안으려고 하는 할아버지를
냄새 난다고 내가 두 팔로 밀어내는 바람에
많이 슬퍼하시고는 그 날로 담배도 단번에 끊으시고

지금은 담배를 끊은지 10년이 넘었다고 한다.
나는 기억이 나진 않지만, 이런 할아버지를 만날 때마다
가슴이 따뜻해진다.
 할아버지는 자신의 기쁨보다 다른 사람의 기쁨을 더
 행복해 하시고, 내가 이만큼 해주었으니 너도 이만큼 해주어야
  하는 거 아니냐는 불평보다는 누가 하든 모두가 행복한게
더 중요하다는 걸 행동으로 가르쳐주신다.
  내가 다른 사람의 힘듦을 눈치채고
그 힘듦을 조금이라도 함께 지려고 할 때 너도 나도
기쁨을 안을 수 있다고 생각한다.
 누군가의 배려는 더 큰사랑을 낳고 그 사랑을 배우며
자라는 우리는 참 행복하다고 느낀다.
  난 이런 할아버지가 좋다.
   난 할아버지를 통해 좀더 깊은 사랑을 보았다.
    사랑이 있으면 내가 좀 힘들더라도 내가 좀 덜
  가지더라도 하나도 불만이 없다.
   엄마가 나에게 모든 것을 주고도 배부르다 하고,
    가진 것을 다 주고도 아까워하지 않고, 좀

힘들더라도 괜찮다고 웃는건

　아무것도 따지지 않고 모든 것을 사랑으로 바라보기 때문이

아닐까.

　무언가를 가지는 기쁨보다 더 따뜻함이 마음속 가득

　채워지기 때문이다.

　한 사람 한 사람 따뜻한 마음이 전해져서

　따뜻한 사랑이 또 하나 생겨 나면

　이 세상은 틀림없이 따뜻한 사람들로 가득할

　것 같다.

　오늘따라 할아버지가 무척 보고 싶다.

　난 곧 할아버지를 만나러 갈 것이다.

　내가 아빠만큼 더 커서도 할아버지를 만나러 갈 수

　있었으면 좋겠다.

　그때까지 할아버지가 나를 기다려주면 좋겠다.

　건강하게. . . .

　한번이라도 내가 할아버지를 업고

　할아버지 밥상을 차려드릴 수 있게. . . . .

한 사람 한 사람 따뜻한 마음이 전해져서
따뜻한 사람이 또하나 생겨나면
이세상은 틀림없이 따뜻한 사람들로 가득할 것 같다.

너무 달콤한 것은
이를 썩게 한다.

요즘 게임에 대한 얘기를 많이 듣는다.
게임을 얼마나 해야 적당한지 어떻게 해야 좋을지
엄마에게 묻는 이모들도 있다.
엄마도 게임에 대해서 엄마의 생각을 얘기 하긴 하지만
나도 게임에 대해서 나의 생각을 얘기하자면 이렇다.

내가 생각하는 게임은 가족과 함께 하는 것이다.
우린 다이아몬드게임도, 장기도, 체스도, 축구게임도 하고,
볼링도 치고, 청소년 수련관에 가서 자동차 운전 게임도
한다. 영화관에 가면 기다리는 동안 오락실에 가서
엄마랑 동전 넣고 비행기 게임을 하기도 하고,
우태랑 에어하키도 하고,
우리 가족이 3대3으로 농구게임도 한다.
그러나 친구들을 보면 컴퓨터로 하는게 많고 또 혼자
하는 게 많다.
가족들과 밥먹을 때에도 머릿 속으로 게임 생각을
하며 학교에서 공부를
할 때도 게임 생각이 난다고 한다.

74

가끔 카페를 가거나 서울에 올라가서 지하철을 타고
가만히 사람들을 보고 있으면,
주로 핸드폰을 열고 복잡한 게임을 하고 있고,
난 그 화면을 우연치 않게 들여다 보게 될 때가 있다.
학교를 다닐 때에도 형아들이 컴퓨터로 게임을 하거나,
친구들이 집에 가면 게임을 하고 싶은데,
몇시간 밖에 못한다는 얘기와 밤새도록 했으면 좋겠다는
친구들 얘기도 들린다.
얼마나 재미있으면 저렇게 많이 하고 싶을까
생각했다.
작년에 내가 다니던 대안학교 선생님으로부터 이런
얘길 들은적이 있다.
"난 예전에 게임에 오래 빠져 있었어. 이젠 끊어서
안한지 4년이 넘었는데.. 그러나 문득 이런 생각이
들어. 난 끊은게 아니라 참고 있었던 거야. 지금도 가끔
그 유혹을 견디기가 힘이 들어"

75

게임이란 것은 내가 살아가면서 내 삶의 약간의
심심함을 채우거나 가족끼리의 단합의 재미로 삼거나
하는 것으로 난 여기고 있는데, 친구들과 많은 사람들은
매일 적지 않은 시간을 게임으로 채우고 있다고 생각하니까
조금 시간이 아깝다는 생각이 든다.

  가만히 보면 너무 재미있고 너무 즐거운 건 조심할
필요가 있다는 생각을 나는 하게 되었다.
  화려하고 예쁜 버섯에 독이 있고,
  예쁜 꽃이 어지러운 것처럼 너무 재미있는 건
분명 함정이 있을 것 같은 기분이 들었다.
  재미있고 좋기 때문에 행복하다고
착각하기도 하는 것 같다는 생각도 든다.

  너무 재미있고 즐거운 건 내가 다른 일을 하고 있을
때에도 내 의지와는 상관 없이 나를 찾아와
  나를 유혹한다.
그럴 때 내겐 괴로움이 온다.

그리고 내게 주어진 하루의 시간동안 많은 방해를
머릿속을 떠나지 않는 유혹의 손길로 나의 소중한 것들이
아무것도 아닌 걸로 지나 가기도 한다.
자칫하면 습관으로 자리하여 내 의지를 조종할지도 모른다.
게임이 나쁜건 아니잖아!
라는 말이 틀린건 아니지만,
행복하기 위해 하는 많은 일들 중에
그 하나로인해 다른 꿈들이 방해 받고 그것으로 인해
많은 귀중한 것들을 잃어버린다면 난 슬플 것 같다.

게임이 중심이 되어서 내 삶의 계획에 변화가 온다면
당장 즐겁다고 행복이라 말할수 있는 건 아니라고
생각한다.
진정으로 내 삶을 행복하게 하기 위해 겪는 아픔도
행복일 수 있고,
견디는 극복도 행복일 수 있다는 생각을 했다.

정말 중요한 것은
당장에 쾌락보다 전체적인 행복이라는 생각이
들고, 내곁에 있는 소중한 존재들을
바라보는 시간을 더 가지자고 다짐한다.

우리 엄마는요 !

우리 엄마는요, 언제나 웃어주어요.
엄마는 어른이지만 우리와 다르지 않아요.
우리랑 같이 뛰어놀고, 집천장에 올라가서 칼싸움하고,
차 지붕에도 올라가고, 같이 어지르고, 상상하고,
이야기 지어내고, 낮잠도 자며, 슬프면 울고,
즐거우면 웃는, 우리의 친구예요.
엄마는 우리보다 장난꾸러기이고, 어떨때는
상상력이 우리보다 좋아요.
늘 새로운 이야기를 즉흥적으로 지어내서 웃게 해줘요.
"또 해줘. 또 해줘." 하면 귀찮아하지않고
해주는 상상력 상자 같아요.
우리가 하자는 것들은 왠만하면 해주려고 노력해요.
가끔 단호한 면도 있지만 엄마의 마음은 그렇지 않다는 걸
알고 있어요.
일부러 우리에게 단호하게 얘기해야만 할때는
엄마의 마음을 잘 알기때문에 그 말에 귀를 기울일 수밖에
없어요. 그럴때면 엄마는 나중에와서 미안하다고 해요
먼저와서 사과해주는 엄마에게 정말로 미안해요.

우리는 싸우기도 하지만 서로를 보듬어 주네요.
어떨땐 제가 조금 힘든일을 한다 해도 저의 힘으로 이길수 있게
기다려주고,
어려움이 와도 제가 견뎌 낼수 있게 응원해 줘요.

이런 어려움, 힘듦 같은 것들 덕분에 제가 조금씩 성장할 수
있었던 것 같아요.
제가 만들기를 하다가 벽에 부딪혔을 때
"이걸 어떻게 만들어야 할지 모르겠어." 라고 말하면,
"네가 알아내 봐. 내가 알려주면 네가 나중에 이런 일과
부딪힐 때 혼자서 해결해야 하는데 그때 엄마, 아빠가
없을 수도 있잖아. 너도 그런 힘을 키워야해
난 그 말을 알아듣지 못했어요.
그런말을 들을 때면 서운한 마음이 있었지만,
지나고 보니 엄마, 아빠가 도와주지 않은게 지금은
고마워요.

만들기 할때데 이제는 물어보지 않아요.
제가 설계도를 그려서 엄마에게 어떤지를 묻게 되었고,
조금씩 새로운 아이디어를 내기 시작했어요
엄마는 우리가 가끔 싸운다 해도 서로 화해할수 있게
도와줘요. 엄마는 제가 만났던 사람들 중에 가장
지혜로운 것 같아요. 언제나 우리가 평화로운 관계가 될 수
있게 이끌어주고 용기를 가지고 앞으로 나아갈수 있게
도와줘요.
엄마는 제가 행복하기를 바란대요.
나중에 무슨 일을 하게 될지는 모르겠지만,
저도 행복하고, 다른 사람도 행복하게 하는 일을 하고 싶어요.
엄마는 서로 사랑하라고 말하기 전에 서로 사랑할수 있게
느끼게 해주는 우리의 연결선 이에요.
우리가 커서 엄마를 떠난다 해도
엄마의 행동과 말과 모습이 제 안에 그대로 스며들어
있다는 걸 느끼게 될거예요.
언제나 엄마를 기억할 거예요.

사랑이 뭔지, 배려가 뭔지, 살아가는 것이 뭔지를 가르쳐 주는
엄마를 통해 내가 이렇게 컸음을
나중에 나의 아이들에게 그대로 가르쳐 줄거예요.

'엄마'라는 이름은 '나'라는 생명을 빚어서 세상의 빛이
되게 하고, 많은 사람들에게 비춰 주어요
큰 참나무를 키우기 위해 땅속 깊이 우리와 같이 아주 작은 도토리를
묻어 주어요. 어제도, 오늘도, 내일도 제가 힘을 낼 수 있는
원동력은 바로 엄마예요.
사랑해요, 깊이...
저 이수을, 또 동생들을 길러줘서 고마워요.

싸우는 사이

2019년 4월 2일

오늘 엄마가 불에 찌게를 올려놓고,
깜박하고서 다른 일을 하다가,
냄비를 태우는 바람에 집안이 탄 냄새로 가득 했다.
그래서 집에서 도저히 잘 수가 없어서
우리가족 모두 찜질방에 가게 되었다.
찜질방 안에는 놀이터가 있어서 동생들과 그곳에 들어가
놀고 있었는데, 조금 있으려니까,
어디서 갑자기 큰소리가 나더니 욕까지 들리기 시작했다.
난 깜짝 놀라서 하던 놀이를 멈추고 미어캣처럼 쳐다
보았다. 어떤 아저씨랑 아주머니랑 말다툼이 시작되어
금새 큰 싸움이 되고 말았다.
동생들과 친구들소리로 시끄러웠던 놀이터 안이
이제는 어른들의 목소리로 시끄러워 졌다

싸움은 두 어른으로 시작되었는데 어느새
찜질방 안에 있는 모든 사람들이 놀이터로 모여들었고,
그 싸움은 구경거리가 되어 있다는 사실을 나는
발견했다. "어디? 어디?"

"비켜봐! 나도 좀 보게!"
목을 쭉 빼 조금이라도 잘 보려 발 뒷꿈치를 들고
눈을 동그랗게 뜨고 집중되어 있는 사람들을
바라보니 이상한 느낌이 들었다.
기어 다니는 작은 아기들 까지도 내 동생들도 모두 눈을
동그랗게 뜨고 어른들을 바라 볼때에 난 그 많은 욕들을
듣는게 불편해서 동생들을 데리고 그곳을 빠져 나가려
해도 나갈 틈 조차 없었다.
아이들이 모여있는 놀이터에서 어른들은 이기기 위해
더 크게 목소리를 높이고
이걸 보기 위해 말리지 않고
구경하기 바쁘다는 사실이 참 슬프게 느껴졌다.
이 싸움은 한참동안 계속 되었고,
나는 많은 생각에 잠기게 되었다.

가끔 나도 우태와 유담이와 싸울때가 있다.
그럴땐 나도 이기기 위해 못된말을 한마디 더
던질때가 있다. 결국 내가 이기고 나서

가만히 시간이 지나고 나면 마음이 절대로 편하지 않다.
더 크게 말하고 더 못된 말을 해서
상처를 주면 그건 이긴 것이 아니다.
결국은 내가 마음이 불편해서 먼저 사과 하게 되고
다시 작아진 나를 발견하게 된다.

아저씨 아주머니도 서로에게 상처되는 말들을 마구
던지고 있었다.
화가 난 마음을 거침없이 말로 뱉어 내면 누가 옆에
있던지 상관없이 더 큰 싸움을 만들어 가고 있었다.
생각이 다를 수는 있어도 그 다름을 맞대서 싸울 때
마음은 다친다.
아저씨 아주머니는 싸워서 마음이 엄청 불편할 텐데,
그 불편함이 다른사람에게는 구경거리이고 재미가 된다면
우리는 다른 모든 아픈일들에 관해서도 이렇게
구경만 하게 되는 사람들로 차게 될까봐
조금 무서워졌다.

떠오르는 꽃

Date: 2019년 4월 14일

넘실거리는 파도가 모든 걸 집어 삼켜 버렸다.
돌아오기만을 기다리는 가족들의 아픔도,
지켜보며 염원하던 우리 모두의 슬픔도,
그렇게 진실도 함께 바다속으로 가라앉아 버렸다.
그러나 그 모진 아픔 속에서도
새로이 피어난 사랑은
꽃이 되어 다시 떠오른다.

내가 제주도에 온지도 5년이 되었다.
제주도에 오고 바로 세월호 배가 바다에 빠져
많은 사람들이 헤어 져야만 했던 그 사건을
난 지금도 생생히 기억한다.
정말 많은 사람들의 슬픔과 분노와 억울함이 빗물이 되어
그 어느해 보다도 어두컴컴했던 그 수많은 날들을 기억한다.
아주 가느다란 희망의 빛줄기를 쫓아 간절히 간절히
바랐던 그 소망을 우리 두손모아 기도했다,
가슴을 치고, 또 치고, 울부짖어도 조금도 시원스럽지 않은...
그 깊은 어두움 조차 조금도 두렵지 않은 기색으로
늦은 밤까지 소리를 질러대며 호소했다.

86

그토록 조용히 가슴으로 헤어짐을 받아들이는 그
아픈 이별이 지금도 목이 메여 한움큼 침을 삼킨다.

다른 사람의 아픔이 그저 남의 일이라 여겨 고개돌리지
않았으면 좋겠다.
오늘 그날을 기억하며 조용히 혼자 기도한다.
그 아름다운 사랑이 절대 다치지 않기를...
그 아름다운 사랑이 꽃이되어 조금이라도 아물기를...

사크레쾨르 성당에서

화가 나는 감정에 대하여

Date: 2019년 4월 19일

어제 토론 수업에서 들은 부처님의 일화가 생각난다.
밥을 얻으려고 한 잔칫집에 들어갔다가 온갖 욕을 들은 부처님이
조용히 뒤돌아 그 집을 나오는데 함께 있던 제자가
화가 나서 부처님에게 물었다.

" 저렇게 욕을 많이 하는데 화가 나지 않으세요? "

그때 부처님은 이렇게 말씀 하셨다고 한다.

" 난 그 욕을 받지 않았다.
그래서 그 욕은 그대로 그 사람이 받았고
그 사람이 화가 났을 것이다. "

부처님은 참 대단하다.
난 동생들과 약간의 다툼이 생길 때, 나에게
욕이 아니라 조금만 싫은 소리를 해도,
또 나와는 다른 의견을 말할 때조차도 내 마음속에서
조금씩 화가 올라오는 것을 참지 못하고

감정을 드러낼 때가 많다.

화는 내 마음속 깊은 바다에 은근슬쩍 스며든다.
그러나 언제든 앞에서 기다리고 있는 기쁨이 있어
화는 곧 사라질 수 있다.
하지만 이 화는 바다로 부터 모래로 매일 토해 지고,
다시 쓸려가고 밀려온다.
내 감정이 울렁거릴 때 난 야단법석을 떨지 않기로 했다.
사나운 파도는 나뿐 아니라 다른 것들도 함께 삼켜 버린다
그러면 결국 불행이 찾아올 수 있다.

뜨거운 태양이 내리 비출 때 나의 마음은 뜨거워졌다가
저녁이 되면 식어버린다.
슬픔의 비가 내리기도 하고,
고통의 눈이 내리기라도 하면,
내 마음은 아프고 또 얼어버리기도 한다.

난 수많은 감정을 느끼며 하루를 보낸다. 그 가운데

화는 가장 어려운 친구다.
그래서 특히 조심히 다루어야 한다.
부처님처럼 되지는 못하겠지만,
난 오늘 부터라도 '화'라는 감정이 찾아오면 빨리
알아차리고 연습을 하려고 한다.

"난 그 욕을 받지 않았다.
그래서 그 욕은 그대로 그 사람이 받았고,
그 사람이 화가 났을 것이다."

세상에 똑같은 것은 하나도 없다.

세상에 똑같은 것은 하나도 없다.
그래서 모두가 특별하다고 생각한다.
그 특별함을 자기자신이 알지 못하고
어떤 사람은 누군가를 쫓아 자신에게 맞지 않는 옷을 입고,
다른 사람을 흉내 내고, 이쁘다고하면 그걸 가지려 하고,
유행에 민감해진다.

내 동생 우태는 옷을 아무렇게나 입는다.
얼핏보면 신경을 아예 안쓴것 같기도 하고
얼핏보면 신경을 많이 쓴 것 같은,
매우 이상하기도 하고 특별하기도한 옷차림을 하고 있다.
머리는 양쪽으로 땋아 내려 묶고, 삼촌이 엄마 입으라고 준
물방울 무늬 가디건을 걸친다.
까망 수면 짧바지를 입고, 빨간 양말, 회색 양말을
무릎 밑까지 힘을 다해 끌어 올린다.
거기다가 축구화를 신고 돌아다닌다.

94

오늘은 우태가 바지를 뒤집어 입고
유담이를 데리러 학교에 갔다.
팔을 저으며 씩씩하게 지나가는데,
어떤 이모가 다가와 우태에게 말을 걸었다.
난 그 모습을 지켜보고 있다가 우태에게 말했다.

"우태야, 누구야? 아는 사람이야?"

"아니 모르는데?"

"그럼 무슨 애길 나누었어?"

"응 나보고 바지 뒤집어 입었다고 바로 입으래."

"그래서 뭐라고 했어?"

"응 알고 있다고 했어. 하지만 바꿔입진 않겠다고 했어.
난 이게 편하거든. 그리고 똑같은건 싫어."
우태는 아무렇지 않고 아무일도 없었던 것이다.
그리고 이렇게 말했다.

"형아. 난 세상에 하나뿐인거 맞지?"

95

고흐가 머물렀다던 라부 여관 앞에서.

Date: 2019년 6월 9일

우리의 수학 여행은 조금은 흥미진진하고,
신비한 모험이 되고 있다.
무척이나 궁금했던 고흐의 삶을 조금이나마 들여다 볼 수 있다고
생각하니 가슴이 벅차다.
그 외롭고 힘든 시간들 속에서 버티고 있었던
그 위대한 작가의 숨결이 느껴졌다.
매우 떨리는 이 순간을 접하기 까지
난 겨우 아주 조금 밖에 알지 못하는 지식으로
그를 만나게 되지만, 우린 그어떤 것도 필요 없이 그림으로
연결 되어 있다.
난 그의 믿음을 사랑한다.
난 그의 그림을 사랑한다.

고흐가 머물렀던 라부여관 앞에서. 1500.

유담이의 통곡

Date: 2019년 7월 12일

내 동생 유담이는 올해 초등학교에 입학을 했고,
지금은 학교에 다닌지 4개월이 되었다.
친구들이 많고, 운동장이 넓은 학교에 처음 갔을때
많이 설레기도 하고,
기대도 잔뜩 담아 가볍고, 기쁜 마음으로 학교를 다녔다.
나는 지금 다니고 있지 않은 학교에 대한 이야기를
유담이에게 많이 알려 달라고 얘기한 적이 있었다.
"유담아, 오늘 재밌었어?"
"응. 오늘은 댄스도 하고 무용도 하고, 음... 그림도 그리고
한글도 배웠어."
"와! 유담아 나보다 한글을 더 빨리 배우게되네
난 8살 겨울에 겨우 다 배웠는데."
"응. 나 엄청 잘해"
학교를 다녀오면 재잘대던 내동생 유담이는
매우 활발하고, 씩씩하며 웃는것도 엄청 호탕하다.
그런데 어느 날부터 인가, 유담이는 짜증이 늘고,
자꾸 화를 많이 냈다.
"유담아 오늘 재미있었어?"

98

"응"

언젠가 부터 대답만 짧게 하고
학교에 대한 이야기도 하지 않아서
유담이의 이야기에 나도 모르게 관심이 없어진 것 같다.
나는 유담이가 엄마한테 자꾸
화를 내고 짜증을 내는 모습을 자주 보게 되고
엄마가 힘들거라는 생각에
내가 유담이에게
"짜증 안 냈으면 좋겠어"
라고 말이라도 건네면 유담이는 더 크게 울고 오빠가
혼냈다면서 소리를 질러 댔다.
그런 일이 반복되다가 나랑 우태랑 엄마는
가족회의 때 유담이가 짜증을 너무 내니까
힘들다는 얘기 까지 하게 되었다.
유담이는 "알았어. 내가 고칠게" 라고 했지만,
유담이는 달라지지 않았다.
우리는 모두 유담이가 변하지 않는다고 불만을 내뱉고,
그 불만은 엄마에게로 갔다.

엄마는 유담이를 안아주었다.
그리고 유담이는 울고 있었다.
"엄마! 난 왜 얼굴에 점이 있어? 다른 애들은 없는데?"
옆에서 눈치없는 우태는
"나도 손에 점이 있어. 그것도 엄청 커. 재밌지? 유담아!!"
유담이에게는 태어날 때부터 눈썹 사이에
손톱만한 큰 점이 하나 있다.
처음엔 그냥 때가 살짝 묻은 것처럼 옅었다고 들었고,
시간이 갈수록 점점 더 옅어져서 없어질 거라고 의사선생님이
알려주었다고 들었는데 어떻게 된 일인지
유담이의 점은 갈수록 커지고 짙어지기 시작했다.
학교에 가기 전에는 점에 대한 불만을
한 번도 얘기한 적이 없던 유담이가
갑자기 점에 대한 불만을 처음
얘기 꺼냈을 때 우리 모두는 깜짝 놀랐다.
우리는 모두 씩씩한 유담이를 좋아했고, 예전에 엄마가
'저 점을 나중에 빼야 할텐데...' 라는 말을 했을때,
오히려 유담아가 그 점까지도 빼기 싫고,

그 점도 너무 좋다고 했었기에 이번 일에 더 놀랬었다.
"아앙~" 하고 우는 유담이를 매일 안아주고
마음 알아주는 엄마가 너무 힘들 것 같다는
생각이 자꾸 들었다.
엄마는 유담이가 마음을 열 때까지 기다려 주자고
보채지 말자고 하였다.
그래도 매일 짜증을 듣는 우리들의 마음에는
작은 미움이 싹트기 시작했다.
그 점이 뭐라고, 갑자기 그것 때문에 울까?
우리는 이해하지 못했다.
어느 날 사촌 동생이 놀러 왔을때,
우리는 큰 물통에 물을 받아놓고 물놀이에 정신이
없었다.
유담이는 학교에서 다녀와서 우리랑 같이 놀겠다고
물안으로 들어오려고 하는데,
사촌동생이 대뜸 "그럼 나 나갈래" 하는 것이다.
갑자기 유담이의 얼굴이 찌푸려지고,
금 방이라도 눈물이 뚝 떨어질 것처럼 슬픈 유담이의 눈

101

에서는 폭풍같은 소리와 물이 쏟아지기 시작했다.
그때 우리는 시간이 멈춘 듯 유담이를 바라보았다.
왜냐하면 유담이가 내 뱉는 소리는 그냥 소리가 아니었다.
점점 들을수록 내마음이 아파오기 시작했다.
"오빠들은 몰라. 으으응... 오빠는 내 마음 몰라.
매일 친구들이 내 점 때문에 놀리고, 밥 먹는다고 줄
서있으면 다 내 점 보라고 손가락질해.
툭툭 그냥 치고 가고 때리고, 왜 때리냐고 하면 장난이라고
하고, 오늘은 피구하는 언니들이 서로 내 점을 맞추라고
공을 나한테 던졌어.
다 나를 싫어해. 내 점 때문에 오빠들도 나를 싫어해."
난 그동안 유담이의 마음을 이해하지 못한다고 짜증내는 일만
가지고 유담이가 고쳐주기만을 바랬었다.
하지만 그건 잘 못된 생각이라는 것을 알았다.
유담이의 행동이 다 이유가 있었는데,
그렇게 마음아픈 일이 있었는줄 몰랐었다.
마음이 안 좋아서 엄마를 불러 함께 얘기하는데
유담이가 통곡을 하며 우는 것이다.

난 유담이에게 미안했다.
그 작은 다름이 많은 아이들의 차별과 놀림에 대상이 되는
것에 다시 생각하게 되었고,
마음이 다친 유담이가 빨리 낫기를 바라는 마음으로
난 유담이와 종일 물놀이를 해주었다.
서로의 다름은 틀린게 아니라 다르다는 것뿐,
난 유담이의 정으로 유담이를
판단하는 기준이 된다는 것이 참 이상하다고 생각했다.
밤에 잠을 자기 위해 누웠는데 잠이 오지 않았다.
등을 돌리고 누워있는 유담이의 등은 매우 작아 보였고,
예전에 그 씩씩함은 어느새 사라져 있었다.
가장 이쁘다는 자신이 가장 못생긴 사람으로
생각이 바뀌어 있는 유담이를 보고 마음이 슬퍼졌다.
누군가의 말 한마디는 한사람의 생각과 마음과 행동을
바꾸어 놓는것 같다.
내 동생 유담이가 그런 말에도 잘 견디어 내고
아무렇지 않게 대처 할 수 있었으면 좋겠지만,
나도 잘 못하는데 어찌 그런 말을 할 수 있고

위로할 수 있을까.
조금 있으니까 잠 든 유담이를 쓰다듬고 안아주는
엄마의 슬픈 흐느낌이 들려온다.
오늘은 우리가족 모두에게
마음이 아픈 날이었다.

누군가의 말 한마디는
한 사람의 생각과 마음과 행동을
바꾸어 놓는것 같다.

오일장에서 만난 할머니

제주에는 5일마다 장이 열린다.
엄마가 "오일장 가자" 하는 말을 들으면 신이 난다.
가면 붕어빵도 사먹고, 호떡도 먹고,
식혜도 마시고, 시장 구경을 한다는 것이 정말 정말
재미있고 좋다.
가기 전부터 마음이 즐겁다.
장에 가서 여기저기 기웃거리다가 만지고 놀던 우태는 혼이 나고,
옆에서 "뻥이요!" 하는 소리에 다들 놀라
뒷걸음 쳤다가 방금 나온 뻥튀기 하나 사 들고 가는데
저기 어디서 어떤 아주머니의 큰 소리가 나를 놀라게 했다.
뒤돌아 보니 한 할머니가 바구니에 무언가를 놓고 파시는 것
같은데 앞에 가게 아주머니가 저리 가라고 쫓아내고 있었다.
할머니는 한번만 봐주라고 하셨고,
아주머니는 안된다며 잘라 말하는 소리가 매우 차갑게 들렸다.
난 기분이 무척 안좋아 졌다.
그 할머니는 겨우 바구니 하나에 전복을 몇개 올려놓고
검정비닐 하나를 들고 계셨는데
난 그 소리를 듣자마자 엄마의 옷을 잡아당겨 그곳을

106

가르쳤다. 엄마도 어쩜 저렇게 쫓아 낼수 있냐고
말을 하고서 지나가며
그 아주머니에게 말해봤다...
"왜 여기서는 팔면 안 되는 건가요?"
"저런 할머들 파는 곳이 따로 있는데 거기 가서 팔면
되는데도 자꾸 이쪽으로 와서 남에 가게 장사 하는데
방해만 해!"
"아이고, 그래도 좋게 말씀하시면 되는데
제가 다 마음이 안 좋으네요!"
엄마가 이렇게 말하자마자
"저런 할머는 봐주면 안돼, 좋게 얘기하면 더 온다니까!"
난 마음이 안 좋았다.
엄마는 어쩔 수가 없나보다며 내 손을 잡고 가는데
한바퀴 돌다가 아까 그 할머를 다시 만났다.
전봇대 밑에 쭈그리고 앉아 간절한
눈빛으로 엄마를 바라 보았다.
"전복 사세요! 많이 드릴게!"
엄마는 할머가 앉아있는 곳으로 다가가 쭈그리고 같이

107

앉아 "이거 얼마에요?" 한다.

조그마한 바구니에 열 개 넘는 전복을 올려놓고 그 만원
이라고 하셨다.

"할머! 그거 담아 주세요. 이만큼만 팔러 나오셨어요?"
하니까 옆에 검정비닐에서 똑같은 양의 전복이 남아
있다고 하셨다.

"할머니, 그렇게 쭈그리고 앉아 있으면 다리 안 아프세요?
남은 거 제가 다 살게요. 다 넣어 주세요."

"아이고, 이렇게 고마울 수가..... 고맙소... 고맙소..."
연이어 말하며 전복을 담는 할머의 손은 심하게 떨렸고,
눈에는 눈물이 고여 있었다.

난 엄마가 고마웠다.

만약에 엄마가 저 전복을 사지않고 그냥 지나쳤다면
난 하루 종일 마음이 무거웠을 것이다.

할머니가 그렇게 다 파시고
집으로 돌아가시니 내 마음이 다 편해졌다.

난 엄마 손을 잡고 엄마에게 살짝 말했다.

"엄마, 고마워. 내가 해산물을 잘 못 먹지만 이건

먹을 수 있을 것 같아. 그리고, 엄마가 안 샀으면
내 마음이 엄청 무거웠을 것 같아."
  엄마는 나랑 똑같이 내 귀에 대고 말해 주었다.
"이수야, 엄마도 예전에 저렇게 앉아 장사할 때가 있었어.
그때는 지나가는 사람들이 하나라도 사주기를 얼마나
간절하게 바랬는지 몰라. 그 마음을 장사 해본 사람이
더 잘 알기 때문에 엄마가 그냥 지나칠 수가 없었어.
더군다나 할머니는 아파보이기 까지 하시는데 얼마나
힘드실까 생각하니까 마음이 아픈지 뭐야.
  사실 엄마가 전복요리 못하거든.
이거 이모한테 주고 이모한테 만들어 달라고 하자."
  난 이렇게 솔직한 엄마가 참 좋다.
" 엄마는 전복요리 못해? 그러면 된장찌개에 그냥
  넣어도 되잖아! "
" 앗! 그러네! 그렇게 쉬운걸 몰랐네!
  조금 더 고급스러운 요리를 기대했더니! "
" 된장찌개도 고급 스럽거든!"
  우리는 하하 호호 웃으며 즐겁게 발길을 돌렸다.

난 할머니의 뒷모습을 바라보며 속으로 빌었다.
'오늘 만난 할머니가 행복했으면 좋겠다.' 하고 . . .

작은 나의 모습

Date: 2019년 9월 25일

'화' 라는 사나운 친구가
나를 또다시 찾아왔다.
오늘 난 '화' 라는 감정이 꿈틀거리다가 한 번에
터져나오고 말았다.
난 알고 있다고 스스로에게 말한 적이 있다.
그 화를 가라앉히는 방법을...
그럼에도 불구하고 난 다시 지고 말았다.
'화' 라는 감정은 불사조 처럼 절대 죽지 않는 것 같다.
평화롭다가도 한 번씩 찾아 올 때면,
너무 강력해서 한 번 화에게 휩싸이면 다른 즐겁고
더 빛나고, 맑은 감정들은 눈 깜짝할 사이에
사라지고 만다.
나는 꿈을 꾸는 듯 했다.
하지만 그 꿈은 악몽과도 같았다.
아니 꿈은 곧 현실이 되었다.
갑자기 배에서 어마어마한 고통이 밀려왔다.
눈물은 두 눈을 덮고, 입에서는 엄청난 괴성을 뱉어냈다.
유정이가 옷장 위에서 뛰어 내렸던 것이다.

자고있는 나의 배위로....
강력한 화가 나를 삼켜버렸다.
매일 반짝이고 멋졌던 마음이 너무나도 어두운 암흑속에
있고,
언제나 빛을 발하고 아름다움을 알게 해줬던 꽃들
도 고개를 숙이고 시들어 버렸다.
내 머릿속에 색색이 덮어다니던 동물들도
흔적없이 사라져 버렸고,
오직 '슬픔'과 '화'만이 껍질처럼 덮여 있는 것 같았다.
난 배를 움켜잡고 서서히 몸을 일으켰다.
그때 내 앞에 보이는 아무것도 모르는 유정의 작은
손이 떨리고 있었다.
언제인가 엄마가 책읽어주는 수업에서 들었던
'빈 배'에 대한 이야기가 생각이 났다.

한 사람이 배를 타고 강을 건너다가,
빈 배가 그 사람의 작은배와 부딪히면,
그 사람이 비록 나쁜 기질의 사람일지라도,

113

화 내지 않을 것이다.
그러나 배 안에 사람이 있으면 피하라고 소리치거나
듣지 못하면 다시 소리치고 마침내
욕설을 퍼붓기 시작할 것이다.
이 모든 일은 배 안에 누군가가 있기에 일어난다.
그러나 그 배가 비어있다면 그는 소리치지 않을 것이고
화 내지 않을 것이다.
세상의 강을 건너는 나 자신의 배를
빈 배로 만들 수 있다면, . .

나도 나의 배를 빈 배로 만들 수 있다면
화 내지 않을 것이다.
아무것도 모르는 유정이는 또 사고를 쳤다며
마침 집에 들렀던 상훈한테 한 소리 듣고 나서,
내게 다가와 어깨를 살며시 쓸어 내렸다.
그것은 유정이 만의   사과 방식이다.
오늘 나에게 일어났던 이 작은 일이
 큰 화로 느껴졌던 내 마음을 조금은 투명한

거울 처럼 바라볼 수 있는 계가가 되었다.
한 번 화가 찾아오면,
다른 즐겁고 더 빛나고 맑은 감정들은
눈 깜짝할 사이에 사라져버리고 만다.
언제 나는 내 감정을
내가 조절 할 수 있게 될까...

진짜 나

Date: 2019년 9월 28일

사람들을 가만히 들여다 보면,
각자 다른 사람에게 잘 보이려고 하는 모습이 보인다.
그런데 다른 사람에게 예쁘게, 멋지게 보이려고
화장을 하고 헤어스타일을 꾸미고 예쁜 옷을 입는 것이
오히려 더 자신을 못나게 만드는 경우도 있는 것 같다.
그것은 스스로 숨는 것과 마찬가지다.
겉모습이 아닌 진짜 나를 다듬고 또 다듬는다면
겉모습은 아무것도 아님을 알게 될 것이다.
아기들은 그것을 알고 있다.
뭘해도 다른사람의 시선 따위는 신경쓰지 않는다.
진짜 나로 숨쉬고 살아간다.
진짜 나를 꾸밀 줄 아는 사람은 마음을 꾸미는 사람이다.
거짓이 아닌 진실로 다른 사람에게 선한 영향력을 주고
그 마음으로 진짜 웃음을 웃을 수 있는 사람이다.

난 아직 어리고, 내 마음도 어려서 더 많이 다듬어
나가야 한다. 비바람과 폭풍을 이겨낸 과일이 더 달고
맛있는 것처럼 그런 예쁜 마음을 다듬어가기 위해

나에겐 아직 겪지않은 시간이 남아 있을 것이다.
그 시련을 용기있게 받아들이고
잘 헤쳐 나가도록 노력할 것이다.
오늘도 나는 다짐한다.
예뻐 지자고, 진짜 내가 되자고 ...

힘나게 하는 말

내 동생 유담이는 아직 글을 잘 못 읽는다.
그런데 책을 읽는 건 좋아해서 날 보기만 하면,
책을 읽어 달라고 한다.
유담이는 혼자 못 읽어서 그런지 책에 대한 갈증을
더 많이 느끼는 것 같다.
책을 한 권 읽어주면 다른 책 두 권을 내민다.
난 점점 지쳐가고 힘들어진다.
그 때 마침 우태가 와서 바통을 이어 받게 되었다.
우태는 아직 책 읽는 속도가 느리고 더듬거릴 때가 많지만,
유담이를 위해 기꺼이 읽어주겠다고 했다.
이제는 우태가 책 읽기 시작이다.
우태는 유담이에게 책을 여러 권 읽어 주었는데,
고맙다고 해주지 않아서 힘이 빠진다고 했다.
그런데 고맙다고 말해주면 한 권 더 읽어 줄 수 있는
힘이 날 것 같다고 연이어 말했을 때 나는
'고맙다' 라는 말이 얼만큼 힘을 나게 하는 건지
신비롭다는 생각을 했다.
이 작은 말 한마디가 귀에 들어오면서부터 마음의

문은 환한 빛으로 열리고, 뭐든 해줄 수 있는 힘이
만들어 진다고 생각하니까, 이렇게 좋은 말로
서로의 마음을 살찌울 수도 있겠다는 생각을 했다.
유담이는 우태의 말을 듣고 금방 고맙다는 말을 여러번
하고서 다음책을 가슴에 안기고,
반짝이는 눈으로 기다리고 있다.
엄청 귀찮고 지겨울 수도 있는데 우태는 힘이
솟았다며 다시 큰 소리로 더듬어 가며 읽어준다.
그 모습에 나는 웃음이 절로 나왔다.
누군가를 위해서 힘을 내는 일은,
힘이 들더라도 행복한 일인 것 같다.
그렇게 우리는 서로에게 정이 든다.
그렇게 우리는 서로에게 사랑을 준다.

마음이 없는 이쁜 말

Date: 2019년 10월 21일

오늘 지나가던 삼촌이 나한테 얘기했다.
"어제 티비에서 봤는데... 어른한테 반말을 하다니
예의가 참 없네. 잘못 가르친 부모가 문제야!"
옆에 있는 엄마는 마음이 아팠을 것이다.
내가 잘못하면 엄마가 욕을 듣게 되고,
그 욕은 엄마를 아프게도 한다.

어제 삼촌들과 이모와 함께 한 펀딩 방송이 나갔다고 하는데
나랑 우태가 반말을 한 게 문제가 되었나 보다.
엄마는 아침부터 마음이 무겁다며 한숨을 쉰다.

내가 아주 어릴 때 기억이 어렴풋이 난다.
어린이 집을 다닐 때 난 매일 선생님이 친구들을 때리는 모습을
보아야 했다. 그땐 선생님이 명령하고, 소리 지르고
윽박질러도 높은 곳에 있는 사람이고 무조건 말을 들어야
하는 사람이라고만 느꼈다.
내가 느끼는 마음속 이야기들을 표현할 수가 없었다.
두달 동안 엄마한테도 말하지 못하고 마음속에 그 이야기들을

넣어 두었다. 선생님은 말하지 말라고 했고,
꼭 그래야만 난 살 수 있다고 생각했다.
자꾸 화가 나고 누군가가 미워졌다.
그 마음의 병은 아주 오래 이어졌다.
하지만 그 시간동안 엄마가 나를 낫게 하기 위해 애쓴
시간들은 생각지 못했다.
엄마가 쓴 책을 읽어보고 엄마가 얼마나 힘들었을 지를
상상해보니까 마음이 아프다.
난 이제 괜찮아 졌지만, 엄마는 아직도 힘이 들것이다.
그 때부터 엄마는 내가 마음에서 일어나는 감정들의
표현을 자유롭게 하기 위해 존댓말을 강요하지 않았다.
반말과 존댓말의 배움을 강요에 의해서가 아니라
서서히 자리잡게 기다려주는 엄마가 고맙다.
선생님의 강요에 의해 하게 된 마음이 없는 이쁜말은 싫다.
마음이 있는 이쁜 말을 나는 하고 싶다.

난 언제인가 깨달았다.
모든 사람들은 존중받아야 한다는 것을.

그 존중은 '요'를 붙여야만 생겨나는 것이 아니라
마음의 벽이 없어야만 생겨난다는 것이다.
그 벽은 눈치를 보거나 무서워하거나
하면 안될 것 같은 그런 불편함이 있으면 금새 더 높이
올라간다.

난 오랜만에 벽없이 편안하게 유희열 삼촌, 노홍철 삼촌,
장도연 이모와 그림을 그리고, 놀고, 기타치고, 얘기도
나눌 수 있었다.
우리는 금새 좋은 친구가 되고,
말이 아니라 마음으로 대화를 나누기도 했다.

내가 어른들이 말하는 깍듯한 착한 아이처럼 묻는 말에
'요'를 붙이지 않고 반말로 대답해서 사람들이 예의가 없다고
말한다.

하지만, 내가 알고 있는 예의는
다른사람이 나에게 이렇게 해주었으면 좋겠다

하는걸 내가 다른 사람한테 해주는 것이다.
다른사람의 마음을 배려하고, 나의 행동이
　　　다른 사람에게 눈살을 찌푸리게 하지 않는 것이다.
난 노력하고 있다.
더이상 엄마가 나때문에 마음 아파하지 않았으면 좋겠다.

마음이 있는 이쁜 말을 나는 하고 싶다.

자유로워 진다는 것은

Date: 2019년 10월 25일

가끔은 심장이 원하는대로 달리고 싶다.
마음이 원하는 대로 행동하고 싶다.
하지만 나는 잠시 멈추어야 할 때도 있다.
난 아직 어리기에 마음이 가는 대로 행동했을 때
주변을 불편하게 하는 일들이 종종 벌어지기 때문이다.
공항에서, 식당에서, 박물관에서, 카페에서.
그런 행동은 다른사람들의 눈살을 찌푸리게 할 수도 있다.

그런데 그건 아이들에겐 해소되지 않은 호기심이
아직 많이 남아있기 때문이다.
나 또한 그 호기심이 넘쳐난다.
아직 궁금한게 많고, 들여다 보고 싶은게 많아서
자주 이것저것에 손이 가기도 하고,
입에서는 소리가 절로 나오기도 한다.
두 다리는 소파위로 올라가 펄쩍 뛰어보고 싶어한다.
하지만 나는 잠시 멈추어야 한다.
다른 사람에게 피해나 불편을 줄 수 있기때문이다.

124

약간의 이해와 배려로 이런 어린이의 마음을
너그러이 봐주면 얼마나 좋을까.
그러면 나는 고마운 마음을 안고 커서
이 모든 것을 헤아리고 이해하는 어른이 될 것이다.
그때 쯤에는 정신에도, 신체에도 좋은 습관으로 베어있어서
억지로 행동을 멈추는 것이 아니라 내 심장을 따라
살더라도 다른 사람에게 불편을 주지 않을 것이다.

마음이 편안하게 자라는 것은
모두의 이해와 배려 속에서 가능한 일이다.
내 마음이 가는 대로 행동해도
아무도 눈살을 찌푸리지 않는 것이 진정한 자유다.
난 그런 자유를 찾아 좋은 습관이 몸에 배도록
익혀 갈 것이다.

어떤 상처가 있길래

지나가는 고양이가 나를 보자마자 엉덩이를 들고 털을 치켜세웠다.
그냥 편안히 내게로 와도 되는데...
나를 바라보는 그 고양이의 눈은 두려움으로 가득했다.
내가 안심해도 되는 사람이란 걸 보여줄 기회도 줄 수 없을 만큼.
어떤 상처가 있길래...

만약 이 동물들이
세상에 나와서 안심할 수 있는 것만 보았다고 해도
저렇게 경계심을 가질까?

나 또한 다른 사람에게 편안하게 말할 수 있다면,
모든 사람들이 서로에게 편안하게 다가갈 수 있다면
정말 좋겠다.

126

나에게도 상처가 있다.

저 고양이를 바라보다 보니 나의 여러가지 모습들이 떠오른다.

어린때대 내가 다녔던 어린이 집에서 선생님이 친구들을 매일같이 때렸던 일과,

옮겨갔던 어린이 집에서 점심시간이 끝날즈음 교실로 들어가지 않았다고 해서

문을 잠궈버린 선생님의 눈이 아직도 아른 거린다.

그래서 안으로 들어가지 못하고 밖에서 햇볕을 맞으며

두어시간 있었던 일들...

하루종일 화장실에 앉아서 생각만 하다가 교실로갔던 일들...

시간이 지나고 엄마랑 차를 마시며 그때대의 이야기들을 할때대는

내가 어떤 상처가 있었는지 상기시키게 된다.

지금은 이 이야기들이 아무 문제가 되지 않는다.

하지만, 그때댄 무서운 세상 이었고, 무서운 이야기들 인 것을...

지금도 아무도 뭐라고 하지 않는데도 깜짝 놀랄때가 가끔 있는 것은,

그때대의 두려움과 아픔이 무의식 속에서 살아있는 건 아닐까 생각하게 된다.

그런 무의식에 잠재되어 있는 아픔들도 반복적인 의식을 통해

극복하고 나아갈 수 있다고 생각한다.

난 이제 그때대의 내가 아니기 때대문이다

어떤 상처가 있길래...

생각은 걷고 나는 걷고

" 생각을 많이 한날, 머리가 아프다는 것을 깨달았다.
생각을 중지시키려고 했으나
생각은 나보다 앞서서 걷고있다.
그래서 나는 마냥 걸었다.
내 몸이, 내 마음이 가벼워지고 있음을 알았다.
생각의 무게는 무척 무거운가 보다.

아침에 일어나 토토와 함께 달리기를 하다가 지나가는 아주머니 한분이
소리를 질러 나를 멈추게 했다.
이제부터 아주머니의 작은 치와와 개랑 아침 6:30분에서
9:00시 사이에 이 길을 산책해야 하니까
그 시간에는 우리 토토를 반드시 묶어 놓으라고 하셨다.
그리고 저녁시간도 7:00시에서 9:00시로 정해서 내게
일러 두어야 겠다고 하셨다.
난 얼떨결에 알겠다고 했고,
돌아오는 길에 자꾸 마음이 무거워졌다.
우리 토토를 생각하지 못하고,
그저 무서운 아주머니의 말에 아무 대꾸도 못하고, 수긍하고 말았다.

130

나를 쳐다보는 토토의 눈을 보니까 미안한 마음이 들었다.
" 이제부터 아침저녁으로 너를 묶어두어야해!"
난 집에 돌아와 엄마에게 이 일을 얘기 하면서 속상했다.
엄마도 다른 사람에게 피해를 주는 일이 된다면, 그렇게 해야겠다고 했다.
하지만, 우리 토토는 아무에게도 해를 주지 않는다.
오히려 사람만 보면 너무 좋아서 꼬리를 계속 흔들어 대는데
검정색 털을 가졌다는 이유로 사람들은 무서운 개일 거라고 추측하는게 속상하다.
그래도 내가 알고 있는 이유를 다른 사람들이 다 아는건 아니므로
누군가가 싫다고 한다면 하지 말아야 할 것도 있다고 생각하기로 했다.
나는 다시 집밖으로 나와 토토랑 한참을 걸었다.
속으로는 이런 생각이 들었다.

" 그래도 그 아주머니는 너무해! 시간까지 정해주면서
우리 토토를 묶으라고 하니까.
그냥 토토랑 친해질 수도 있는데 말이야. 난 그걸 선택하겠어"
하지만, 사람마다 생각이 다르다고 했다.
그걸 인정하고, 받아들이고 나니 마음이 가벼워졌다.

131

관심

새벽에 갑자기 목이 심하게 아파와서 엄마랑 응급실을 갔었다.
다른 특별한 약은 없었고 진통제만 받아왔다.
다음날 난 좋아지는 듯 했고,
오후엔 아무렇지 않게 놀고 있었다.
그런데 저녁이 되자 가족들에게 섭섭했다.
아무도 이젠 내가 괜찮아 졌는지 물어주질 않으니
내가 아픈건 그때 뿐이고,
나에게 아무런 관심이 없어보이기 까지 했다.
그러나 한편으로 이런 생각이 들었다.
엄마는 지금까지 아프다고 말한 곳이 많았었는데,
그 모든 아픔은 지나가 버렸는지 지금도 남아있는지,
나도 물어주질 않았었는데, 얼마나 섭섭하고 외로웠을까...
나는 알게 되었다.
다른 사람이 아프다고 하면 괜찮아 보여도 물어주는 일이
누군가가 옆에 있구나 하고 마음 따뜻해지는 일이라는 걸.
당장 엄마한테 달려가 지금까지 아파했던 모든 곳을 물어봐야
겠다. 지금은 괜찮은건지...
다른 아픈 곳은 없는지...

나는 알게 되었다.
다른 사람이 아프다고 하면 괜찮아 보여도 물어주는 일이
'누군가가 옆에 있구나'하고 마음 따뜻해지는 일이라는 걸

너가 뭘 그렇게 고민하는지

Date: 2019년 12월 6일

하루하루 일어나는 자그마한 사건들이 우리가족에겐
참 많은 것 같다. 그런 소소한 일들이 지금당장
커보이는 이유는 무엇일까?
오늘 내 동생 유정이가 혼자 후라이펜에 달걀 후라이를
해보겠다고 기름을 두르고 불을 켜고
기름이 끓을때까지 기다렸나보다.
기름이 너무 안 끓는다고 생각했는지 불을 더 세게 켜고
기다렸다고 한다. 기름은 물과 달라서 100도가 넘는다고
해서 보글보글 끓지 않는다.
후라이 펜에서 계속 연기가 솟아 오르는데도
그걸 알아차리지 못한 유정이는 참지 못하고
계란 하나를 깨어 뜨얼어 뜨리다가 기름이 너무 뜨겁게
달아올라 유정이의 얼굴과 팔에 마구 튀어 버렸다.
그리고 기름이 부어져있는 후라이펜에 불이 붙고 급기야
그 불은 가까이 있는 창문 커텐까지 옮겨 붙었다.
갑작스럽게 들려오는 유정이의 비명을 들으며 우린 부리나케
뛰어가 보았다. 너무나 놀란 나머지 우리는 물을 떠서 세게
던져 보았는데 쉽사리 가라앉지 않았다.

134

불이 크게 번지진 않았지만 막상 내 눈앞에 불이
이글거리는 걸 보고 있자니 너무너무 무서웠다.
엄마가 와서 수건으로 수차례 불을 쳐서 끄고 나서야 우리는
서로를 바라보았다.

모두 너무 놀라서 눈이 휘둥그레졌는데,
유정이는 무슨일이 일어났는지도 모르게 슬쩍 웃어보였다.
난 화가 났다. 이렇게 가족 모두를 놀라게 하고 웃다니...
"넌 웃음이 나?"
엄만 그만 하라고 했다. 유정이도 놀랐을 거라고 ..
그제서야 얼굴과 팔이 아프다고 갑자기 소리를 질러대며 울었다.
유정이는 이 일로 매우 찬 물에 얼굴과 팔을 계속 담그고
있어야 했다. 난 이 일로
유정이의 입장에서도.
또 엄마의 입장에서도.
또 우리들의 입장에서도 생각해 보았다.
이런 소소한 일들이 모여 시끌시끌한 우리들의 하루들은
살아가는 방법들과 의미를 터득하게 되는 것 같다.

135

이런 소소한 일들이 모여 시끌시끌한 우리들의 하루들은
살아가는 방법들과 의미를 터득하게 되는 것 같다.
작은 실수들도 큰 실수들도 또 각자의 생각들로 감정이 울컥일때,
사실 모든건 큰 일이 아니라는 것이다.
뭘 그르곻게 고민하더라도 나중에 돌이켜보면
" 별거 아니었어" 하고 웃으며 얘기할 수있을거라는
   생각이 들었다.

소소한 일들이
지금 당장
커보이는 이유는 뭘까?

Date: 2019년 12월 11일

하늘에서 음식이 내린다면 이 세상에 단 한사람도
굶어 죽는 사람은 없을 텐데....

난 오랜만에 가족들과 외식을 했다.
다 먹고 나서 식당을 나오는데 음식들이 산더미 처럼
쌓여 있었다.
저 모든 음식들이 버려지는 걸까?
차를 타고 집으로 돌아오는 내내 마음이 무거웠다.

우리 집에는 규칙이 몇 개 있다.
하나는 치카치카 하고 잘 시간을 잘 지키는 것이다.
두번째는 음식을 남기지 않고 먹는 것이다.
엄마는 음식을 남기는 게 마음이 안좋다고 한다.
그 말을 듣기만 할 댄 잘 몰랐었다.
그런데 오늘 버려지는 그 음식물을 보니 마음이 나도 안좋다.
엊그제 앵무야 앵무야 삼촌이 시켜준 짜장면을 사양하지
못하고 먹다가 다 남기고 온 것이 맘에 엄청 걸렸다

멀리 아프리카엔 먹을 것이 없어서 진흙을 비스킷 모양으로
말려서 먹는다는 말을 들었을때 미안한 마음이 들었다.
난 먹기 싫다고 투정하기도 하고 음식을 다 남겨도 아무렇지
않게 일어서버리기도 했는데...
저 멀리 친구들은 내가 남기는 이 음식이 없어서 흙을 먹는다니...
지구에 사는 많은 사람들이 고르게 먹을 거리들을 나누어 먹지
못하고 균형을 잃은체로 산다는 것이 슬프다.
그리고 당장 내가 먹는 음식들이 얼마나 감사한 지 느끼고
식사에 임하려고 한다.
먹기 싫다고 안먹고 맛있다고 많이 먹는게 아니라,
먹기 싫어도, 맛있다고 내 혀가 계속 원하더라도
적당히 먹어야 할 것 같다.

말을 많이 하면 막히는 법이다

난 말을 참 못한다.
머릿 속에 떠오르는 생각을 내 혀가 따라가지 못하고,
엉켜버리는 때가 많다.
그리고 말도 느리다.
가끔 누군가가 어떤 질문을 하면,
평소에 쉽게 떠오르던 생각들도 어느새 다 사라져 있다.
아무말도 못하고 그냥 서있을 때는 눈이 돌아가고 얼굴은
뜨거워지고 손은 축축해진다.
어떤때는 말을 하다보면 내가 바보같이 느껴지기도 한다.
그리고 어떤 날은 흥분이 되어 아무말이나 뱉게 되는 경우도
있다. 특히나 우리집에 놀러오는 삼촌들에게 편하다는
이유 때문에 자꾸 말로 실수를 하게 된다.
그건 다른사람에게 상처를 준다는걸 알기 때문에
내 마음이 마구 속상하고 그땐
내가 참 싫어서 다락방으로 얼른 올라가 숨어 버린다.
"이수야 무슨일 있어?" 하고 엄마가 여러번 물으면
겨우겨우 입을 열어 속 얘기를 한다.

"엄마, 내가 아무렇지 않게 말을 뱉고 나면 앗! 하고
후회할 때가 있어. 그땐 이미 말을 뱉어버리고 난 다음이야.
너무 속상해"
내 얘기를 듣고 엄마는 이런 얘기를 해주었다.
"이수야 엄마도 그런때 많아. 말이라는 게 뱉고 나면
주어담지를 못하니까 어려운 일인 것 같아.
엄마도 40년 넘게 살고도 얼마전에 말때문에 얼마나
힘들었는지 몰라. 어쩔 땐 입을 꼭 다물고 아무말도 안하고
살겠다고 했었어.
너만 그런거 아니야. 이렇게 깨달을 때마다
이수 너가 조금씩 나아질 거라고 생각해."
나만 그런 게 아니라고 하니까 조금은 위안이 되었다.
그러나 난 또 그 다음날 말 실수를 하고 말았다.
가슴속이 흥분으로 가득 차 있었기 때문이다.
우리집에 늘 놀러오는 삼촌이 이제 곧 호주로 떠난다고 했다.
그동안에 우리집 일을 많이 도와주고 있는 삼촌이 참 고맙다.
그런데 어제 기분이 좋아서 방방 뛰면서 이런말 저런말을
생각나는대로 얘기하다가 내가 또 실수를 한 것이다.

141

" 삼촌은 곧 가니까 괜찮아"
삼촌은 그 말이 섭섭했는지
" 앗, 내가 가면 그만인거네 그럼. 가치가 없는 거였어. ㅎㅎㅎ"
난 삼촌을 좋아하는데 왜 그런 말이 불쑥 나와 버렸는지 모르겠다.
뱉고 나서 나도 놀라고 후회하는 말이 참 많다.
 농담과 진담을 잘 알아듣게 하지도 못하고
 내 기분에 앞서서 나오는 말을 스스로 조절을 못한다는 걸
알았다. 삼촌에게 미안했다.
그리고 말을 하더라도 조금은 다른사람 생각을 더 하고
 얘기해야 겠다고 생각했다.
 말을 많이 하면 막히는 법이다.

20살 까지만 살수 있다면

Date: 2019년 12월 27일

옛날 옛날에는 60살 전에 사람이 많이 죽어서
60살이 넘으면 축하의 의미로 환갑 이라는 생일 같은 축하를
해주었다고 할아버지 한테 들었다.
근데 지금은 100살, 120살 까지도 산다고 한다.
가만히 생각해보면, 아주 옛날 옛적에는 60살보다 더어린
20살에 이런 축하를 해주었을 것 같다.
그렇다면 20살이나 60살, 100살이 그리 다르지 않은 것
같다. 하루살이에게는 아침,점심,저녁이 얼마나 긴 세월일까?

지구와 우리의 시간이 다른 것처럼,
그렇게 살아갈 때 느끼는 시간이 다른 것일 뿐,
나이가 중요한 건 아닌거 같다.
나에게 주어진 시간동안 얼마나 행복하게 살았느냐를
생각하는게 좋을 것 같다.
나는 11년을 살았는데 지나간 시간이 얼만큼 지났느냐
보다 앞으로 살아갈 시간에 대해 더 많이 생각한다.

만약 20살 까지만 살 수 있다면,
 남은 1년 동안 많이 많이 사랑할 것이다.
사랑하는 마음은 모든 걸 가능하게 하니까.
나중에 마법같은 마음으로 행복하게 살았다고 말할 것이다.

 할머니가 그러셨다.
70년 넘게 살았는데 너무 금방 지나갔다면서,
바로 어제같은 일들인데 70년이 갔다고.
몇년을 살았어도 지금살아 온 시간전에 것들은 모두 어제가
되니까 중요한건,
 지금 웃는 거라고!

12살 이수

자기만의 세상

　　세상은 하나지만 모든 각각의 사람들은 자기만의 세상을
가지고 있는 것 같다.
모두들 각자의 눈으로 세상을 바라본다.
각자 사람이 가지고 있는 눈으로 세상을 살아가니까 서로
싸우고 미움이 있고 전쟁이 있는 건 아닐까 하는 생각이 든다.

　우리 집 안에서도 동생들과 나는 각각 다른 세상을 바라본다.
그래서 다툼이 있고, 짜증도 있고, 토라지기도 한다.
　　몇 안되는 사람이 모여도 그 안에서 일어나는 현상은
비슷할거란 생각이 든다.
그래서 나중에 더 큰 세상에 나가서 잘 어우러지는 사람이
되려면 먼저 나의 가족 안에서 좋은 사람이 되려고
노력해야 한다고 생각한다.

　　언젠가 엄마가 나에게 말해주었다.
" 세상이 변하기를 바라기보다.
다른 사람이 변하기를 바라기보다
　내가 먼저 변하면, 우리 가족도 다른 사람들도

이 사회도, 나라도, 세상도 바뀌어 갈꺼야"

　가만히 생각해보면 아직 제대로 아는 것도 하나 없는
내 안에 '내 생각이 맞다'라는 생각이 나도 모르게
자리잡고 있었는지도 모르겠다.

　그래서 짜증이 나기도 하고 불쑥 얼굴이 붉어지기도 한다.

　좀더 좋은 내가 되기 위해서 나의 동생들에게 가족에게
내가 먼저 바뀌자는 생각을 했다.

내가 너라면

Date: 2020년 1월 28일

새벽에 나도 모르게 눈을 떠보니 엄마가 앉아 있었다.
뭔가를 열심히 움직이며 치우고 있다고 느껴졌다.
난 그냥 또다시 잠이 들었다.
며칠이 지나고 또 며칠이 지나고 난 아주 가끔 새벽에
눈을 떴을때 똑같은 일을 하고있는 엄마를 본다.
그리고 엄마는 잠이 오지 않는다고 말했다.
예전에 엄마가 잠이오는 약을 먹지 않으면 잠이 오지 않아서
그 다음날이 힘들다고 했다.
그 즈음 가족회의 때, 엄마가 약을 먹고 싶지도 않고,
잠을 못 자서 힘을 잃고 싶지 않다고 얘기 해서 우리 모두
엄마를 도와주기로 했었다.
그러나 어느 순간에 우리는 그런 엄마를 잊고 있었다.

내 동생 유정이는 나이보다 세네살이 어리다고 한다.
그래서 뭐든 느리고 알아듣는 말만 알아 듣지만
그건 우리 가족만 알고 있다.
유정이가 다른 사람들이 말을 걸면, 몰라도 아는 것처럼
행동하고 대답하니까.

유정이를 보고 아무렇지 않아 보인다고 말한다.

그래서 나도 알고는 있지만 자주 까먹나 보다.

유정이로 인해 나도 우태도 유담이도 너무 힘들어서 짜증을 내면

엄마는 우리의 마음을 다 알아주려고

힘을 내어 많은 얘길 나누고 안아준다.

하지만 그 때 뿐이다.

우리는 다시 짜증을 내고 화를 낸다.

유정이가 자꾸 하지 말라는데 하고, 방해해서 힘들다고!

어느 날부터 인지 모르겠다.

나는 내가 그러면 안 된다고 말해놓고,

나의 말을 잘 지키지 못하고 있었다.

내가 쓰고 그리는 것들을 유정이가 망쳐놓는 날이면

유정이가 미워지고, 이제는 유정이를 피해서

그림을 그리고 글을 쓰는 것도 힘들다.

밤에 자고 있는데 난 다시 눈을 떴다

윗옷이 축축하고 기분이 좋지 않아서 뒤척이는데

엄마가 또 앉아 있었다.

그리고 내 귀에다 대고 엄마가 조용히 속삭였다.

"이수야 미안해. 잠깐만 천천히 일어나 줄래?

엄마가 옷 갈아 입혀 줄게.

유정이가 쉬를 해서 네 옷까지 젖어 버렸어.

기분 나빠하지말고 괜찮다고 생각해줄래?"

엄마는 젖은 수건으로 여러 번 날 닦아주고,

옷 입혀주고, 이부자리도 다시 갈아주고 눕혀주었다.

난 그냥 이렇게 자면 되지만,

엄마는 유정이도 씻어 닦아주고 빨래도 해야한다.

엄마는 하루 종일 일을 하면서도 밤에 잠도 못자고

또 일을 한다. 다음날 나는 매일밤 엄마를 힘들게 하는 유정이가

왠지 미워서 엄마에게 이렇게 얘기 했다.

"엄마 유정이 때문에 잠도 못자고, 유정이는 내가 하는 것들도

다 방해해. 화가 나!"

엄마가 내게 해주는 말은 이랬다.

"유정이는 유정이가 원해서 그런 장애를 가지고 태어난 것이

아니야. 만약에 너랑 유정이가 바꿔서 태어났다면 어땠을까?

유정이의 장애가 우리를 대신한 거라면?

이수, 너가 밤에 그렇게 쉬를 계속한다 해도 엄마는 괜찮아.
유정이가 우리에게 온 것은 너희들을 힘들게 하기 위해서가
아니라, 너희들을 더 키우기 위해, 어떤 어려움도 잘 이겨내게
하기 위해서가 아닐까 생각해.
힘들면 엄마한테와. 엄마가 안아줄게, 같이 풀자"
엄마말을 듣고 나서 난 한참을 생각했다.
유정이의 장애가 나를 대신한 거라면, 이라는 생각을 하니까...
난 내가 이렇게 태어난 것에 감사하기보다 날 방해하는 것들에
대한 미움과 짜증만 있었다.
다시 유정이를 바라보기로 했다.
내가 너라면.... 이라고 생각하고,
그리고, 힘든 엄마를 위해 난 아무것도 할 수 없었던 것에
미안하다. 내가 언제 클 수 있을까.
내가 언제 더 큰 생각을 하고 그것을 실천하면서 살 수 있을까.
오늘은 밤하늘의 별들이 더욱 반짝인다.
내 마음을 위로해주는 것 같다.
아니, 그런 위로를 받고 싶은가 보다.

신나는 일

아침밥을 먹고 재빨리 이를 닦고,
자전거 페달에 발을 올렸다.
목도리를 하고 나가라는 엄마의 말이 들리지 않았다.
난 춥지 않았기 때문이다.
동생들이 모두 따라 나섰다.
얼마전에 자전거를 배운 유담이 까지도.
뱅글뱅글 학교 운동장을 돌고 있을 때,
유정이가 이렇게 말했다.
"오빠는 전기가 어디 있어?"
"무슨 말이야?"
"오빠는 전기가 어딨냐고?"
무슨 말인지 몰라 아무 말 못하는데
"난 여기 있는데" 하고 유정이가 눈을 가르켰다.
그래서 나는 무심코 빙그르르 돌면서 가슴을 가르켰다.
유정이가 소리질렀다.
"다시 한 번 말해줘!"
난 "싫어." 하고 다른 곳으로 내 달렸다.

154

그런데 기분이 이상했다.

왜 그런 질문을 했을까,

우리 사람도 전기로 움직인다고 생각했던 걸가??

페달을 밟는 내 다리는 다시 유정이에게 갔다.

"유정아, 아까 왜 그런 질문을 했어?"

"뭐?"

"아까 전기가 어딨냐고 물어봤잖아."

"사람은 전기가 없으면 죽으니까.. 오빠도 충전해야 살잖아"

"그럼 우태오빠는 뭘로 충전 하는데?"

"춤출때."

"엄마는?"

"엄마는 운동할 때. 그래야 안아프거든.."

"그럼 나는 뭘로 충전하지?"

"이수오빠는 밥먹을때...."

"아빠는?"

"아빠는 우리 놀릴 때..."

"그럼 너는?"

" 나는 영화 볼때 ! "

유정이가 가장 좋아하는 시간이 영화 볼 때나까..
가장 신나는 시간이 나를 충전하는 시간인가 보다.
근데 나는 밥먹을 때 제일 신나지 않는데
유정이에게는 그렇게 보였나 보다.

집에 돌아와 잠깐 걸터 앉아 생각했다.
나한테 전기는 어디 있을까 하고....
내가 충전하는 곳은 이 두 손이 아닐까 생각했다.
왜냐하면 누군가를 두 손으로 안을 수 있으니까.
그때 나는 큰 힘을 얻을수 있는 것 같다.
이 두 손이 할 수 있는 일들이 나중에 더 큰 힘을
발휘할 수 있다면 좋겠다.
유정이가 말하는 전기가 내게도
 신나는 일이되기를 바란다.

"당신의 전기는 어디있나요?"

마음이 무거워지다.

너무 빨리 달리는 차 때문에 무서웠던 도로는 내가
느끼지 못한 사이에 텅 비어 있었고,
자전거를 타고 쌩쌩 달려도 사람이 없어서 왠지 쓸쓸함마저
느껴진다. 창밖 너머엔 마른 잎들만
아무것도 모르는 것 처럼 굴러 다녔다.
코로나 바이러스가 많은 사람들을
집안에만 머물게 하고 있다. 두려움을 가지고 살아가는
시간들이 꽤나 오래 지난 듯 하다.

오늘은 차를 타고 엄마랑 장을 보고 오는 길에
우두커니 창밖을 바라보고 있는데,
폐지를 쌓은 리어카를 힘들게 끄는 할아버지가 보였다.
오르막 길에 그 무거운 산 같은 짐을 작은 몸으로 짊어지고,
해를 등지고 무거운 발로 리어카의 바퀴를 굴려가고 있었다.
조금 기울기만 해도 다 쏟아질 것만 같은 그 큰 짐을
온 힘을 다해 밀고 있는 두 팔은
어떻게든 해야 한다며 밀어주는 두 발에 의지해 떨고 있었다.
길게 늘어진 그림자에는 내가 알지 못하는 깊은 시름이
깊이, 더 깊이 숨어 있었다.

머리속에서 그 할아버지가 떠나질 않는다.

이렇게 모두들 두려움을 안고 살아가는 상황 속에서도
할아버지는 해야 할 일을 묵묵히 하고 계신다.
그 일은 하루도 빠짐없이 싫어도, 힘들어도,
어떤 일이 있어도 살아가기 위해서 꼭 해야하는 일일 것이다.

마음이 무거워 졌다.
여러가지 생각이 들었다.

우리 4남매

엄마에게 2

엄마.

오늘 하루중에

나는 지금 또 엄마 생각이나서 불러봐.

난 지금까지 살면서 한 시도 엄마를 잊은 적이 없어.

언제나 엄마를 마음속에 넣어다니며

함께 시간을 보내고 있어.

난 다른 일을 하다가도 엄마를 꺼내어 생각할 때면

마음이 따뜻해져.

특히 엄마가 우리를 두고 어딘가를 다녀올 때면

그리움에 가슴이 더 뜨거워져.

엄마가 없으면 온통 엄마생각이 가득차고,

마음에서도 엄마를 불러. 그때 난 알게 되었어.

엄마가 되는 것은 쉽지만

그 엄마의 아이가 언제나 엄마를 떠올릴 때

늘 웃을 수 있는 엄마가 되는 것은 쉽지 않다고 생각해.

나는 엄마를 하루에 천 번을 생각해도 지겹지 않아.

언제나 나를 웃게 해줘

난 엄마가 정말 좋아.

표현하기 힘들만큼 엄마를 좋아해.
언제까지나 엄마를 생각하고
엄마의 생각을 존중하며
엄마의 마음을 닮아가고 싶어.
우리 오늘도 행복하게 지내자.
엄마 사랑해 고마워.

엄마에게 3

　　지나가다가 실수라도 하면 혼나기 일쑤여서,
　　다음에 잘해야지 하면서도 두려움이 먼저 생겨버린다.
　　그래서 내가 바라보는 세상은 조금 무섭다.
　　그건 아직 내가 많이 어리기 때문일 거라 생각한다.
　　하지만 내가 다시 즐겁고, 호기심 가득한 일들 속에서
　　자유롭게 뛰어다닐 수 있는건 항상 내 뒤에서 엄마가
　　날 바라보고 있기 때문일 것이다.
　　난 그거 하나만으로 이 세상을 따뜻하게 바라볼 수 있다.
　　오늘은 엄마한테 편지를 써야겠다.
　　그러면, 엄마에게서 다시 답장이 오고,
　　난 그 답장을 기다리는 시간이 참 좋다.
　　우리는 그렇게 꽃잎처럼 포개어진 마음으로 꽃을 그리고 우리도 꽃이된다.
　　난 그런 꽃들이 풍성한 우리집을 그리고 싶다.

164

엄마!

예전에 엄마가 그랬지?

내 몸이 다크고 나의 머리도 커졌을 때,
언젠가 엄마 품을 떠나 인생의 희망 넘치는 세상을 향향해서
미래로 날아가게 될 거라고 말이야.
내가 가고 싶은 곳, 내가 하고 싶은 것들을 하며 자유롭게 날아가라고
하지만 난 가끔 이 말을 떠올릴 때면
아직 무서운 생각부터 들어.
내가 엄마, 아빠의 어깨 넘어로 본 세상은
좋은 면만 있는게 아니었거든. 그래서 더 두려워.

날다가 떨어지기라도 하면 어떡하지.
그땐 옆에 엄마도 없잖아.
지금은 아직 세상이 두렵기만해.
내가 잘 해낼 수 있을까? 언젠가는 나도 편안하게
두 날개 사이로 지나가는 시원한 바람을 느끼면서
다른 세상으로 날아가는 날이 있겠지만,
엄마가 없다고 생각하니까 자신이 없어.

한 편으로는 세상에 있는 멋지고 신기한 곳에 가서
새로운 많은 것들을 경험하고 싶어

엄마, 엄마가 전에 그랬었지?
좋은 사람 곁엔 좋은 사람들이 지켜준다고.
나도 커서 좋은 사람이 되고싶어.
꼭, 엄마같은,
그리고 좋은 사람들을 만나서 다른 사람들도 웃게 하고싶어.
좋은 사람들과 좋은 일도 있다는 것이 나에게 커다란 용기를 주겠지?
그 때 내가 얻게 될 용기는 엄마가 있기 때문이야.

   나의 기둥이 되어주는 엄마 !

   먼 세상을 날다가 엄마가 생각나면 언제든지
엄마에게 돌아와 많은 이야기를 들려 줄거야.
그리고 많은 이야기 들을 지금처럼 엄마 목소리로 듣고싶어.
엄마 고마워. 사랑해.
   나에게 언제나 힘이 되는 엄마에게.

특별한 어린이날 선물

잠깐 쉬어가려고 큰 돌에 걸터 앉았다.
숨을 급하게 가다듬고 물을 급하게 들이마시고 땀을 닦았다.
시원한 바람을 맞으니 기분이 좋았다.
목을 적시고 숨을 가다듬고 나니
이제 앞이 보이기 시작했다.
아무런 꾸밈이 없는 나뭇잎들의 춤사위를 바라보며
햇볕에 반사된 반짝임이 무척 아름답다고 느껴지면서
이런 생각이 들었다.
세상에서 가장 훌륭한 예술 작품은
자연 곳곳에 숨어있는 것 같다고.
자세히 들여다 보면 우리가 알지 못했던 더 놀라운 색과
빛이 숨어있다. 고흐도 우리 사람들이 보지 못하는 빛에 대해
고민하고 표현 하려고 했던것이 아닐까 생각해 보았다.
엄마랑 동생들과 자전거를 타고 먼 나들이를 가는 동안
멀고도 멀게만 느껴지는 오르막길을 오르면서 숨을 헐떡거리며
간절히 내 눈앞에 아른거리는 물이 세상에서 가장 맛나다는 사실을
알게 되었다. 내동생 우태는 가도가도 식당이 나오지 않아
배고픔에 밥이 간절했다며 우태의 어린이 날 선물은 그날
저녁밥이 되었다. 당연히 우리에게 이 감사함들을 아무렇지 않게
받기만 한 내가 미안하고 모든 것에 감사한 오늘이었다

세상의 절반이 굶주린다.

Date: 2020년 5월 27일

지구 저 반대편 나의 친구들은 나와 다르게 살아가고 있다는
사실을 사진으로, 영상으로 또는 책으로 알수 있었다.
직접 그곳에 가게되면 어떤 마음일지 나도 잘 모르겠다.
아니, 마음이 울렁거려서 나도 모르게 울어버릴까봐 자신이 없다.
먹고 쓰고 입는 모든것들이 부족해서 힘들어하고
심지어 아파 죽기까지 한다는데,
난 이렇게 잘 먹고 부족함 없이 살고 있다.
미안하다. 그냥 미안하다.

내가 그리는 그림들로, 내가 할수 있는 것들로
멀리 나의 친구들을 위해 손을 뻗고 싶다.
모든 것은 함께 쓰는 것이 맞다고 생각하기 때문에
내가 먼저 그곳에 부족한 많은 것들을 나누고 싶다.
우리는 함께 살아가니까.

지구가 생산해 내는 곡식의 양은 지구의 모든 사람을
먹이기에 충분하다고 하는데,
누군가는 그 식량들을 버리고 있고,

누군가는 머을 것이 없어서 진흙물과 진흙 비스캣을 먹고
서서히 죽어간다.
부족해서가 아니라 고르지 못함으로 생기는 이 현상들을
빠르리 해결해야만 한다고 생각한다.

더이상 굶어죽는 사람이 없기를 바란다.

죽어가는 친구의 힘겨운 숨소리를 느끼며 이그림을 그렸다.
나의 마음은 깊숙이 그 애절한 숨소리를 따라간다.
그것은
나의 눈을 적신다.
나의 가슴을 적신다.

소중한 사람

Date: 2020년 7월 1일

우리 네 남매는 각자 자신의 일을 가지고 있다.
가족회의 때 마다 스스로 할 수 있는 일을 정해서
각자 그 일에 열중하고 있다.
요리사가 되겠다며 " 내게 맡겨." 라고 큰 소리 치던
유담이가 아침 식사를 준비하기로 가족회의에서 정해졌다.
난 여느 날과 마찬가지로 아침에 눈을 떠서 지금까지
배운 한자를 동생 우태와 번갈아 읽은 뒤에
엄마가 읽어주는 책 이야기를 들으며 '아침열기'를 했다.
어제 저녁밥을 적게 먹은 탓에 오늘 아침은
유난히 배가 고팠다.
그런데 기다려도 기다려도 유담이가 아침식사를
준비하는 시간이 너무 길어져서 난 한자를 읽으면서도
언제쯤 밥먹으러 오라고 할까하며
힐끔힐끔 유담이를 쳐다보았다.
매뉴는 토스트라는데 한 입에 다 집어 넣어도 부족할 것
같은 심정이었다.
마지막 페이지를 다 읽었을 때 즈음 마침내 내 앞에
토스트를 담은 접시가 놓여졌다.

반가운 마음이 올라왔다가 이내 나도 모르게 고함을 쳤다.

"악— 이게 뭐야?!"

유담이는 금새 실망한 얼굴이 되어 고개를 숙였다가
되려 화를 냈다.

"그럼 먹지마! 힘들게 했는데!"

식빵 테두리가 검게 타있었고 케찹은 너무 많이
뿌려서 식빵을 담근 듯 절여져 있었다.
유담이의 먹지 말라는 말에 난 또 한마디를 내뱉고 말았다.

"내가 얼마나 기다렸는데.
이걸 어떻게 먹어! 다 탔잖아!"

"그럼 오빠가 하던지!!"
난 기가 막힌다는 얼굴로 유담이에게 목소리를

높였다.

"왜 너가 화를 내?"

옆에 있던 우태는 요즘 나보다 더 많이 먹어대며
먹성을 뺌내고 있어서 그런 건지 새까만 토스트를
그냥 물그러미 바라보며 눈물을 글썽이고 있었다.
　아무것도 모르는 듯 유정이는 내 말만 앵무새 처럼
따라 읊고 있었다.
난 갑자기 슬퍼졌다.
그리고 배가 너무 고팠다.

　엄마는 이 광경을 물그러미 바라만 보았다.
그리고는 나와 우태를 불렀다.
엄마는 나와 우태에게 이야기 하나를 들려 주었다.

"예전에 엄마는 부엌일을 도울 때 요리를 하고 싶었는데
늘 심부름만 시켜서 기분이 좋지 않았어. 그러던

어느 날 할머니가 없을 때 요리를 해보겠다고
돈까스를 프라이팬에 올려놓고 기름을 붓다가 커튼까지
불이 붙었지 뭐야?
호통치고 나무랄줄 알았는데 '그래도 이거 맛있네' 하는
할아버지의 말이 얼마나 고마웠는지 몰라.
유담이는 처음으로 자신의 요리를 뽐내고 싶었는데
다들 너무 싫어하니까 요리가 싫어졌을 것 같아
그리고 오빠들까지 싫어 졌을거야.
식빵이 타는건 내일이라도 고칠 수 있지만,
유담이의 마음이 타는 건 쉽게 고쳐지지 않아."

엄마의 말을 듣고 유담이한테 미안해졌다.
힘들게 아침 준비한다고 애쓴 마음은 알아주지 않고,
유담이의 꿈마저 싫어지게 만든 건 아닌가 싶었다.
유담이에게 가서 조심스럽게 말해봤다.

"유담아, 미안해. 열심히 만들어 준 건데 그렇게 말해서"
"오빠 싫어!"

나랑 가장 가까이에 있는 사람들을 편하다는 이유로
쉽게 대한다면,
처음 내마음이 그렇지 않다 해도,
쉽게 대하고 함부로 하는 나의 행동이 결국 나의
마음까지도 바꿀 수 있을 것이다.
그래서 좋은 습관을 가져야 겠다고 다시 다짐하게 되었다.
가까운 사람일 수록 더 좋게 더 이쁘게 대한다면,
마음도 더 이뻐지고 사이도 더 좋아질 거라고 생각한다.
그렇게 사람과 사람간의 관계가 좋게 넓어지면,
사회 전체가 더 밝아지고 이뻐질 거라는 생각을 했다.
내 곁에 소중한 사람에게 말하고 싶다.
고마워요. 사랑해요.

가까운 사람일수록 더 좋게 더 이쁘게 대한다면,
마음도 더 이뻐지고 사이도 더 좋아질 거라고 생각한다.

그렇게 사람과 사람 간의 관계가 좋게 넓어지면,
사회 전체가 더 밝아지고 이뻐질 거라는 생각을 했다.

유담이의 거짓말

Date: 2020년 7월 29일

언제부터인지 모르겠다.
난 정말 열심히 아르바이트를 했다.
10월에 계획한 수학여행 날짜가 가까워지기 전에
돈을 모으기 위해서 였다.
새로운 곳에 가서 기념품도 사고, 맛있는 간식도 사먹고,
분명 내가 쓰고 싶은 일이 생길 게 확실하기 때문이다.
난 아침에 일어나 집도 정리하고,
마당에 난 잡풀도 뽑고,
주말이면 세차도 하면서 저금통에 조금씩 채워갔다.

어느날, 엄마와 동생들과 함께 시장에서 장을 보다가
떡볶이 가게 앞에서 멈추었다.
빨간색 떡볶이가 군침을 돌게 할 찰라 반가운 소리가
들렸다.
"오빠! 내가 사줄게! 먹자!"
"오~ 진짜?"
"응!"
우리를 위해 기꺼이 맛있는 것을 사주는 것에 기뻐하는

176

유담이의 마음이 정말 고마웠다.
"근데 유담아! 너도 돈이 있었어?"
"응! 할머니가 용돈 줬었잖아. 몰랐어?"
"응, 몰랐어. 그럼 나 먹는다! 오뎅도 먹어도 돼?"
"당연하지!"
우태와 나는 허겁지겁 다 먹고 유담이는 계산을 했다.
사주면서 너무나 좋아하는 유담이의 얼굴엔 지금까지 보지 못한
환한 기쁨이 넘쳐 흐르고 있다는 것을 느꼈다.

다음날 자전거를 타고 유담이를 데리러 학교에 갔을때
목이 말라 편의점에 들렀을 때도,
유담이는 먼저 주머에서 돈을 꺼내
"오빠 내가 사줄게" 한다.
오랜만에 가족들이랑 외식을 하려는 데도
"엄마 내가 밥 사줄게" 한다.
엄마는 유담이 에게
"유담아! 너가 돈이 어디 있어서 밥을 사줘?"
"응, 할머니 한테 용돈 받았잖아. 전에말이야 전에..."

177

"그래? 그럼 그 용돈으로 우리유담이가 밥을 사준다고?
아깝친 않아? 모아두고 너가 필요한 거, 하고 싶은 거
사고 싶을 때 사면 되는데 말이야!"
유담이는 바로 대답했다.
"엄마, 난 우리가족 밥사주는 게 더 좋아."
우리는 모두 유담이를 바라보며 고맙기도 하면서
미안한 마음도 들었다.
나는 아르바이트 해서 모은 돈으로 여행 가서 살 것만
생각했다는 마음에 유담이를 바라보며 느낀점이 많았다.
그래서 나도 유담이가 좋아하는 간식을 몰래 사서
놀래켜줘야겠다 생각하고서
집에 들어가자 마자 저금통을 열어보았다.
그런데 저금통을 열자마자 난 너무나 놀란 나머지 '꺄!'
소리가 절로 나오고 말았다.
그 소리에 놀라 뛰어온 우태가 내 상황을 보더니
"형아! 이게 무슨 일이야? 집에 도둑이 들어 왔나봐.
내 저금통은...?" 하면서 달려가더니 곧이어
우태의 비명소리가 들려왔다.

178

혹시 잘못 보았나 싶은 마음에 저금통을 다시 들여다
보려는데 1년 가까이 했던 나의 노력들이 조용히
사라져 버린 것 같아.

슬픈 마음이 눈물이 되어 흘러 내렸다.

우태와 나는 한숨을 쉬며 땅바닥만 쳐다보았다.

그런데 그때 우태가

"형아 어쩔 수 없는 일은 빨리 날려버리자!" 한다.

"네 말이 맞지만, 쉽게 안되는 일에는 시간이 필요해.
근데 너는 얼마 저금 했었어?"

"응 난 5만원."

"뭐? 1년동안 5만원 모았어? 난 40만원 이라고!"

"그래도 형아 돈 크기가 중요해? 그냥 날려버리자!"

"너가 40 이고 내가 5 면?"

이라고 물으니까 우태는 고민하는 듯 했다.

"형아 그냥 날리기엔 시간이 필요하겠다.
그럼 좀 시간이 지나면 나랑 비행기 날리러 가자."

하고 가버린다.

난 슬픈 마음을 안고 엄마에게 가서 자초지종을

이야기 했다.

엄마는 슬픈 이야기를 다 듣고 내마음을 알아 주었다.
얼마나 속상 했을까 하고..

그러고 나서 엄마는 잃어버림에 대한 이야기들을
몇가지 해주었고, 난 엄마에게 시간을 주면 이 일을
해결해보겠다고 했다.

난 엄마의 이야기를 듣고서 마음이 가라앉았다.

그리고 아무것도 아니라고 생각하니까,
아무것도 아닌게 되었다.

며칠이 지났을까
갑자기 유담이가 내게 다가와 서서 계속
"오빠.....오빠.." 하고
개미목소리로 부르기만 하고 말을 안하기에
"왜 무슨 일이야? 얼른 얘기해" 했더니
"으앙!" 하고 어마 어마한 소리로 울기 시작했다.
"오빠 사실은,...오빠 사실은... 내가,..

오...빠....돈....가..져 갔어....."
'유담이가....!"
그러고 보니 계속 뭔가를 사주겠다고...
돈을 꺼내면서도 유담이는 저축을 많이 했나보다만
속으로 생각했었지 내 돈을 가져갔으리라고는 상상도
못 해봤었다.
난 조용히 유담이를 안아주었다.
"유담아 너가 이렇게 솔직하게 말해주어서 정말 고마워.
나라면 말 못했을 것 같아.
난 그런 용기가 없는데 유담이는 나보다 나은 것 같아.
처음엔 속상했지만, 이제 다 잊었어. 우태는 벌써 잊었고!
근데 유담이는 그 돈 왜 가져간거야?"
"오빠 미안해.... 나도 가족들한테 뭔가를 해주고
싶었어. 난 아무것도 못해주잖아.
근데 그게 그렇게 큰 돈인지 몰랐어."
난 오늘 유담이의 마음을 조금은 바라볼 수 있었다.
나쁜 마음이 아니라 누군가에게 간절하게 뭔가를
해주고 싶어 하는 마음을 표현하기 위해서 유담이는

181

조금은 잘못된 방법을 선택 했었다.

 하지만 몰랐기 때문에 새로 배우면 된다고
생각한다.
40 만원으로 어떤 물건을 사는 것 보다.
유담이가 가족들에게 기분좋게 뭔가를 해주며
기뻐하고, 또 다른 사람의 물건을 함부로 가져가는 것은
절대로 해서는 안 되는 일이라는 배움을 살 수 있어서
 난 그 돈을 모은 것에 보람을 느낀다.
 하나도 아깝지 않다.
 내동생 유담이는 이렇게 깨달으면서 커가고 있다.

 자기전에 엄마는 나를 안아주며 이렇게 얘기했다.
" 유담이가 스스로 말할 수 있게 시간을 달라고 했어.
용기가 잘 안난다고 말이야."
" 근데 엄마! 엄마한테도 먼저 얘길 꺼냈어?"
" 응"
" 어떻게?"

"유담이에게 이야기 하나를 해주었거든..
그 이야기를 듣고 조금 있으니까 엄마에게 고백할게
있다고 얘기하면서 엄청 울었어."
"어떤 얘긴데?"
"그건 나중에 얘기해줄게, 잘자."

엄마에게 4

Date: 2020년 8월 5일

엄마가 아픈 날 난 왠지 마음이 무겁다.
엄마는 아침에 일어나면 늘 분주하고, 엄마가 하는
모든 일이 다 우리 일이라는 걸 알면서도 우리는 받기만 하고 있다.
" 엄마 안힘들어? " 라고 물어보면
" 엄마 안 힘들어 괜찮아 너희가 이렇게 기쁘고 행복해하는
것만 봐도 너무 좋아. "
" 이수야 엄마한테 물어 줘서 정말 고마워 "
엄마는 꼭 이런말을 빠뜨리지 않고 해준다.

난 이런 엄마의 말이 곧 관심있게 다른사람의 마음을 살피는
것도 중요하다는 걸로 들린다.
엄마는 유독 다른 엄마들 보다 더 많은 일을 하고 있는 것 같다.
유정이의 일이 그중에 가장 많고 고될테지만,
하루종일 앉지도 못하고 움직이는 엄마를 보면
엄마라는 자리는 참 힘든 자리임이 틀림이 없어 보인다.
그래서 아픈가 보다.

엄마!
난 엄마가 속상할 때면 난 웃을래야 웃을 수 없어.
엄마가 속상한 건 곧 내가 속상한 거거든
엄마가 기쁜거라도 하면 내 입술도 저절로 올라가는 것을 느껴.
엄마가 기쁜건 곧 내가 기쁜 거야

엄마!
엄마는 나를 받쳐주는 기둥같아
왠지 내가 힘들면. " 내가 있잖아. 힘내! " 라고 말해주는.
난 엄마 덕분에 서있을 수 있었고,
엄마 덕분에 지금도 서있을 수 있고,
또 서있을 수 있을거야.
그런데 요즘 엄마가 종종 아프니까
'엄마가 만약 죽는다면...' 하고 잠깐 스쳐가는 생각에도
너무 무서웠어, 슬펐어.

엄마!
나는 엄마가 건강하게 정말 오래 살면 좋겠어.
더 많이 오래오래 내 곁에서 계속 나를 안아주고
지금처럼 지혜로운 말로 날 일깨워 주면 좋겠어.
이건 나의 큰 욕심일까?

엄마가 빨리 건강해져서
나랑 한라산에 올라갈 수 있으면 좋겠어.
그래서 난 오늘도 이렇게 기도해.
'엄마의 아픔이 꽃으로 변하게 해주세요'라고
엄마, 오늘도 힘 내줘서 고마워.
사랑해.

난 오늘도 이렇게 기도해.
'엄마의 아픔이 꽃으로 변하게 해주세요.'

형이라고 불러!

유독 나이를 너무너무 중요하게 생각하는 이모는
생일까지 따져대며 위아래를 나누려고 한다.
도무지 이해하기 어려운 이 생각을 받아들이기에
힘이 많이 든다.
우태는 오늘 많이 심난해하며 말이 없다.
학교에서도 같은 반이고, 집에 와서도 같이 놀고 있는
우태와 동갑내기 사촌 동생에게 형이라고 불러야 한다는것이다.
이 사실을 갑자기 받아들이라는 건 우태에겐 무리다.
사실 나도 무슨 말인지 도무지 모르겠다.
사촌 동생은 8월 생인데 우태는 11월 생이라서
2개월 반 빨리 태어났으니 형이라는 것이다.
학교에서도 선생님이 우태에게 같은 반인
사촌 동생은 엄연히 말하면 형이라고 말했다는 것이다.
"우리는 친구잖아" 하고 따져 물은 우태에게
돌아온 답은 "더 빨리 태어났으니까 형이지.
쌍둥이도 빨리 태어난 사람이 형이잖아." 였다.
같은 반에 아이들을 불러모아 놓고,

생일을 밝혀 위아래를 나눈 뒤에 형부터 막내까지
줄을 세워서 호칭을 정리하고 나면 서로에게 어떤 존재로
1년동안 공부하게 되는 걸까?
우태는 학교에 갈 때마다 고개를 푹 숙이고 말이 없었다.
형이라고 불러라는 그 한마디에 그렇게 잘지내던
사촌 동생과도 갑자기 서먹해지고,
우태 답지 않게 재미난 장난도 없어지고 조용해졌다.

난 믿기지가 않는다.
어른들이 마음대로 위아래를 정해주는 바람에
우태는 마음에 구멍이 난 것 처럼 표정이 변하고,
생각도 변하고, 우태의 하루하루가 변했다.
형, 동생을 나누는게 이토록 중요한 것일까?

난 사람들이 나를 '천재'라거나, '영재'라고
부르는 것을 좋아하지 않는다.
나는 '이수'이기 때문이다.
그저 이 수많은 사람들 중에 한명이라는 것이다.
하지만 사람들은 무언가를 자꾸만 나누려 한다.

내가 다른 사람을 판단하면, 다른 사람 또한
나를 판단하려 하는 것 처럼, 내가 다른 사람을
나누려고 하면, 그들 또한 나를 나누는 것 처럼,
그런 분류와 선입견이 나를 불 편하게 한다. 모든 것을
포용하려는 마음을 가지고, 나누거나 따지지 않고,
있는 그대로 받아 들이고 대한다면,
세상은 훨씬 따뜻해지고,
그건 돌고 돌아,
그 사랑보다 더 큰 사랑을 받게될 것이라고 생각한다.

유담이는 못말려

우리집은 한 달에 한번 옷장 정리를 한다.
이건 유담이의 집착에서 시작되었다.
이사를 하는 날 집을 정리 하다가 엄마는 깜짝
놀라며 고개를 숙여 한숨을 쉬셨다.
옷장 맨 구석이나, 책상 뒤편 컴컴한 곳에서
파란 곰팡이가 소복히 쌓여있는 검정 비닐 봉지가
여기 저기 숨겨져 있었던 것이다.
그 안에서 올라오는 이상한 냄새와 함께
파란 곰팡이 가루들이 날리는 게 눈에 보일 때
우리는 모두 소리를 질렀었다.
" 그게 도대체 뭐야? 뭐길래 이런 이상한 냄새가
나는 거야?"
유담이는 할머니나 이모가 예전에 사준 새옷과 오일장
에서 사먹었던 호빵과 삶은 옥수수, 사탕 3개,
소시지 5개를 비닐 봉지에 넣어서 돌돌 말아 아무도 모르는
틈새를 찾아 꼭꼭 숨겨 두었었다.
우리들 모르게 나중에 혼자 먹을 생각이었나보다.
새 옷들도 입어보지도 못한 채 곰팡이로 덮여 있고

유담이는 그때보다 몸이 커져서 그 옷들은 한 번도 입지
못한 채 이제 아무것도 아닌게 되어 버렸다.
유담이는 고개를 숙이고 미안하다는 듯 눈을 동그랗게 뜨고
위를 올려다 보며 이렇게 말했다.
"나중에 나중에 나누어 먹으려고 아껴둔거야 근데 왜 썩어?"
유담이는 음식이 썩는다는 것을 모르는 것 같다.
참 재미있는 일이었다.
뜨끈한 옥수수가 왜 이렇게 되었냐며 울기 시작했다.
엄마는 유담이와 이런저런 이야기를 하기 시작했고,
유담이는 엄마얘기를 다 듣고,
우리에게 와서 미안한 마음이 든다고 했다.
오빠랑 유정이랑 다 나누어 먹으면 내가 먹을 게 없다고
생각했고, 그런 마음은 나만 생각하는 마음이라는
것을 알았다고 말하면서 울먹였다.
그러고 몇달이 지났을까....
유담이는 다시 또 엄마를 놀래켰다.
구멍난 양말을 들고와 양말이 없다며 사야한다는
것이다. 유담아가 늘 허름한 옷과 양말만 신어서

엄마는 이상하다는 듯 말했다.

"유담아! 전에 가지고 있던 새 옷들과 양말들이
있지 않았었나? 왜 그런 옷은 안 입고
이렇게 구멍난 것만 신는 거야?"

"양말은 다 없어졌어, 그리고 유정이 나누어 줬어 필요해!"
안 그래도 양말이 필요하다고 생각했다고 하면서
엄마는 오랜만에 마트를 가서 유담이가 좋아하는 양말들을
사주었다.

하지만, 그날 유담이는 양말 하나를 가지고 서로 자기
것이라며 싸우고 말았다.

그 모습을 보고있던 엄마는 유담이 방 옷장 밑을 한참을
바라보더니 거기서 엄청 큰 비닐봉지를 또 발견한 것이다.

수십개의 양말들이 거기서 쏟아져 나왔다.

한번도 신지 않은 선물받은 양말과
엄마가 사주었던 양말들이 가득 들어 있었다.

엄마는 너무 놀라서 아무말도 못하고 또 큰 한숨을
내쉬었다.

힘없이 고개를 숙이며 말없이 앉아있는 엄마의

뒷모습은 무척 슬퍼 보였다.
유담이가 엄마에게 또 거짓말을 한 것이다.
유담이는 자기만 알고 있어야하는 일이 들어난 것에 무척
당황한 듯 보였고,
곧 얼굴이 일그러 지더니 세상이 무너진 것처럼 울기 시작했다.
엄마는 아무말 없이 유담이를 조용히 안아주며 한 마디 하셨다.
"유담아 엄마는 유담이 많이 사랑해."
엄마말을 듣더니 더 큰 소리로 울며 통곡하듯 말했다.
"엄마~ 미안해! 엄마, 미안해.. 진짜 미안해."
유담이의 말은 내 귀에도 진심으로 들렸다.
엄마는 아무래도 유담이에게 무슨일이 있는지 알아야겠다는
심정으로 말을 이어갔다.
"유담아, 엄마는 유담이가 엄마에게 약속한 일들을 잘
알고 있다고 생각해.
하지만, 잘 알아도 그 약속을 어긴 이유는 그것보다
유담이가 결정한 마음이 더 중요하다고 생각했기 때문일거라
생각해. 그래서 엄마는 유담이의 이야기를 듣고 싶어.
왜 약속을 지킬 수 없었는지에 대해서 엄마에게

말해줄 수 있겠니? 엄마는 유담이를 믿고 있어.
유담이는 계속해서 흐르는 눈물을 닦으며 얘기했다.
"엄마, 미안해.. .미안해...'
시간이 필요하겠다며 엄마는 유담이를 안아주고 ,
엄마도 생각에 잠긴 듯 했다.
조용히 앉아 생각하던 유담이가
한두시간이 흐르자 일어나 엄마에게 다가가
엄마 윗옷을 슬쩍 잡아당기며 말했다.
"엄마! 나 이제 결심했어. 이제 다시는 엄마를 실망시키지
않을거야. 사실은 나도 왜그랬는지 잘 모르겠어.
엄마! 난 유정이가 너무미워. 그냥 그런 마음이 들어.
엄마 있을 때랑 없을 때 랑 날 대하는게 다른
유정이가 그냥 너무 미웠어. 나도 왜 그런지 모르겠어.
나만 때리고, 꼬집고, 나한테만 못되게 말하는
유정이가 미웠어.
그래서 유정이가 내것을 가져가는 것도 싫고
나누어 주기도 싫었어.
그래서 자꾸 내가 뭘 숨기게 되고, 새것은 안쓰고

모아둔 것 같아."

그러고 보니 유정이는 우태와 나한테는 안그런 것 같은데
유독 유담이 한테만 그런것 같기도 했다.
엄마는 유담이를 꼭 안아주고,
유담이의 마음을 다 들어 주었다.
그리고 이해한다고 했다.
앞으로는 엄마도 유담이와 유정이를 더 많이 바라보겠다고 했다.
하지만 유담이의 행동에 대해서는 고쳐야 한다며
한달에 한번씩 물건에 대한 욕심을 스스로 버리게끔
했다. 정말 이 물건이 나에게 꼭 필요한 건지,
또 얼마나 내곁에 있을 것 같은지,
정말 아끼는 물건 이라도 누군가에게 더 필요하다면
내어줄 수 있는 마음이 있는지 생각해 보아야 한다고
했다. 그래서 한달에 한번 우리는 엄마가
정해준 대로 우리에게 주어진 한 박스의 공간외에
불필요하게 채워진 물건들을 따로 담아
필요한 곳으로 보낸다.
엄마가 살짝 내게 얘기했다.

197

"이수야! 엄마는 무척 슬퍼. 오늘 이런 일을 만나고
유담이의 빈 가슴을 앞으로 어떻게 채워 주어야 할까?
머릿속이 복잡해졌어.
물건이 아니라 우리가족의 관심과 사랑으로 채워져야 할
그 자리인데, 우리 모두가 유담이에게 소홀하지 않았나
하는 생각이 들어.
누군가를 미워한다는 마음도 자신을 제대로 사랑하지
못해서 생기는 마음이라는 걸 우린 알아야 해.
좀더 유담이에게 따뜻하게 대해주면 좋겠다.
유담이가 욕심이 많아서 일어난 일이라고 생각하지 않아.
유담이 만의 잘못이 아니라 우리 모두가 신경 써야 할
일이라고 생각해."
난 오늘 유담이의 일로 많은 생각을 했다.
내가 더 가지고 나누고 싶지 않은 욕심보다.
우리의 관심과 사랑을 더 바라보는 엄마의 마음을 난
닮고 싶다.
우리집은 작은 사건이 이것처럼 많지만, 그래도 우리는
잘 될 거라 생각하고 다독이며 살아간다.

198

"누군가를 미워한다는 마음도
자신을 제대로 사랑하지 못해서
생기는 마음이라는 걸
우린 알아야 해."

이정도면 충분해!

Date: 2020년 10월 23일

우리집은 한달에 한번 옷장정리를 한다.
난 많은 옷이 필요가 없다.
티셔츠 3개 바지 3개면 충분하다.

난 위아래 자주 입게 되는 옷 3벌씩만 남기고
나머지 옷들은 다른 곳으로 떠나 보낸다.
한 번도 입지 않은 옷들은 세탁해서 보육원 동생들에게
보내고, 찢어 지거나 물감이 많이 묻은 옷은 버린다,
그리고 우태에게 물려주기도 한다.
참 이상한 것은 한달에 한 번 정리를 하는데도
옷에 양은 똑같다는 것이다.
우태에게 간 옷들은 대체로 구멍이 심하게 나거나,
물감이 많이 묻은 옷들이다.
그래서 더욱이 사람들이 우태를 보면 지저분 하다는
말을 많이 하기도 한다.
그것에 끄덕없는 우태여서 정말 다행이다.

우리에게 옷은 그리 중요하지 않다.

피부를 보호하기 위해서 입는게 더 크다.
우태는 옷으로 장난을 하기도 한다.
뒤집어 입기도 하고, 덥다고 물에 적셔서 입기도 하고,
바지의 한쪽 다리를 자르기도 한다.

언젠가 누군가의 집에 놀러 간적이 있었다.
그 집은 무척 크고 복잡했다.
식구는 4명인데 방 5개 중 1개 만이 살아 남았다.
하나는 창고로
하나는 옷장으로   하나는 책으로
하나는 가구로
결국 사람이 이용하기 위해 만든 방들이 물건들로
꽉꽉 들어차 이용할 수 없는 공간이 되고,
어딘가로 이사를 간다 해도   이 짐들 때문에 이 집
보다 작은 집은 갈 수 없을 것 같았다.
짐이 주인이 되는 집!
난 왠지 조금 이상한 생각이 들었다.

옷장을 정리하는 날이면 기분이 좋다.
메고 있던 무거운 가방 하나를 내려 놓은 기분이랄까.
언젠가 엄마가 아무것도 없는 빈 방에 들어갈 때
기분이 참 좋다고 했었다.
그땐 그 말이 무슨 말인지 몰랐는데
내가 가지고 있는 것들을 하나씩 정리하고 내보낼때
그 말이 종종 떠오르게 되었다.
꼭 필요한 물건이 아니면 가지고 있는 게 힘이 들 수도
있다.
내가 가지고 있는 트렁크 가방 하나에
살면서 꼭 필요한 것만 담아
그것 만으로도 충분하다고 생각한다면,
내 삶은 가볍고 훨씬 자유로워질 것이라 생각한다.

마음을 할퀴다

2020년 11월 3일

오늘은 참 바쁜 날 이었다.
1시에 육지에서 온다는 손님을 만나러 가야했다.
오전에 하기로 한 수업을 급하게 끝내느라 점심을 먹지
못하고 약속 시간이 가까워 지는 시간을 바라보며 엄마와
아빠, 우태 나는 재빨리 선택을 해야했다.
밥을 빨리 먹고 갈지, 아니면 나중에 먹을지
그런데 우태가 너무 배 고파해서
엄마는 근처 아는 순두부를 파는 식당에서
밥을 먹고 가자고 하였다.
먼저 전화로 주문을 해놓으면 가자마자 먹을 수 있고,
우리는 약속시간을 맞출 수 있다고 생각했다.
그래서 엄마가 얼른 전화를 걸어 주문하였고,
우리는 곧 그 식당에 도착해서 바로 먹을 준비를 했다,
그런데 식당 이모가 뭘 먹을지 물어보는 것이다.
그래서 엄마는 "전화로 주문했어요." 라고 말했는데
이모는 "그런 주문 받지 않았는데 혹시 다른곳에
있는 식당에 전화 한거 아니에요?" 하는 것이다.
"이 순두부 집이 다른 곳에 또 있어요?"

203

"네, 한 군데 더 있어요."

" 네?"

엄마는 황당하고 놀란 얼굴로

"그럼 내가 어디로 전화한거지? 어떡하지?"

아빠는 주문을 한 그 곳에 얼른 전화를 해 보라고
했다.

그래서 다급하게 엄마는 전화를 걸었다.

너무나 미안한 목소리로 죄송하다는 말을 여러번 반복했
다. 착각했다고, 실수했다고, 솔직히 고백하는 엄마의
마음은 그 미안함을 어찌 전해야 할지 모르겠다고 했다.

"정말 정말 죄송해요. 제가 어쩌다 이런 실수를 저질러서..."
라고 말하다가 엄마는 갑자기 멈추었다.

우리 셋은 일제히 엄마를 바라보았다.

엄마는 전화기를 귀에 댄 채로 숨을 가쁘게 쉬며
손을 부들부들 떨고 있었다.

그리고 갑자기 엄마 눈에는 눈물이 흘러 내리는 것이다.

아빠도, 나도, 우태도 무슨 일이냐고 계속 물어도

엄마는 대답을 하지 않았다.

204

우리는 숟가락을 든 채로 아무것도 입에 넣지 못하고,
엄마만 보았다.
아무 말도 없는 엄마의 눈물이 내 마음을 아프게 했다.
무슨 일일까.
왜 전화속에 들려오던 시끄럽던 아저씨는 무슨 말을
했기에 엄마가 가슴을 떨고 있을까?
아빠는 아저씨가 무슨말을 했냐고 계속 엄마를
다그치고 있었다.
"무슨 말을 했는데? 욕을 했어? 뭐라고 하던데?"
엄마는 아무것도 아니라고 괜찮다고 했다.
아빠가 곧장 다시 하는 말은
"내가 전화를 다시 걸어봐야겠어.
도대체 뭐라고 했길래 눈물까지 나는거야?"
엄마는 아빠를 말리며 사람마다 다 이해의 정도가
다르니까 그게 큰일 일 수도 있고,
화가 날 수도 있다고 엄마가 잘못한 거라고 했다.
하지만 난 마음이 많이 아팠다.
엄마는 나쁜 마음으로 그런 것이 아닌데,

단지 실수를 했을 뿐인데
너무 지나친 욕을 엄마에게 했나 보다.
엄마가 차마 입에 담을 수 없다고 했다.
보이지 않는 전화기 넘어 누군가에게 화가 난다고
아무렇지 않게 욕을 하는 것은 엄마뿐 아니라
나도, 아빠도, 유태 까지도 마음을 할퀴었다.
밥을 먹는 동안 엄마는 여러 차례 코를 풀고,
눈은 벌개져서 먹는 둥 마는 둥 그렇게 일어 설 수 밖에
없었다. 식당을 나가서 아빠는 그 식당에 전화를
걸겠다고 여러번 얘기해서 엄마를 더 화 나게 했다.
"아빠! 지금 엄마한테 필요한건 위로지 복수가 아니야."
"그래도 실수 한 번 한 걸 가지고 어떻게 그렇게 욕을 해?"
"엄마가 하는말을 더 잘 들어야지, 왜 그 아저씨 한테
따질 생각만 해?"
엄마를 위로하기 보다 엄마가 싫다는 데도 전화를 걸겠다
고 하는 아빠를 말리고 있었다.
그 때 옆에서 우리의 대화를 듣던
유태는 이런 말을 던지고 지나갔다.

"둘다 절때기 없어! 엄마! 내가 옆에 있잖아, 힘 내!"
아빠와 나는 서로를 바라보며 엄마를 뒤따라 갔다.
누군가의 말 한마디는 사람을 살리기도 하고, 죽일 수도
있다는 말을 들은 적이 있다.
오늘 일을 보고 난 알게 되었다.
말은 우리가 표현하기 위해서 있기도 하지만,
누군가의 마음을 칼보다도 더 날카롭게 공격하는
무기이기도 하다는 것을.
오늘 엄마의 마음은 아팠다.
하지만 그 아픔은 나 스스로 낫게 하는 힘을
누구나 가졌다고 엄마는 말했다.
그리고 힘을 내어 웃어주었다.
우리 어린이들도 실수를 하면 봐주는 어른들이
많지 않지만, 어른이 실수를 해도 잘 봐주질
않는 것 같다.
서로 조금만 이해해 준다면 좋을 텐데, 그럼 다툼도
미움도 그리 많지 않을 텐데... 난 생각했다. 말을
잘 한다는 것은 내 감정을 잘 조절하는 것부터 일 것이다.

나는 행복하다.

오늘 아침에 문득 눈을 뜨고 천장을 바라보니
이런 생각이 들었다.
살아있는 것만으로도 행복하다고.
숨을 쉴 수 있는 것 만으로도 행복하다고.
옆에 누군가가 있어서 행복하고,
함께 울 수 있어서 행복하고,
내 두손이 내가 하려는 일을 잘 따라주어서 행복하고
내 두 발이 내가 가려는 곳에 갈 수 있게 잘 따라주어
행복하다.
이렇게 아름다운 세상을 바라볼수 있어서 행복하고
마법처럼 마음을 잘 쓰다듬어 주는 음악을
들을 수 있어서 행복하다.

208

드러누워 바라볼 수 있는 하늘이 늘 나를 지켜주어 행복하고,
힘차게 달릴 때 휘날리는 머리카락이
바람의 존재를 알려 주어서 행복하다.
작은 꽃 한 송이가 나의 이야기에 귀 기울여 주어서
행복하고, 시원한 소나기를 맞으며
춤을 출 수 있어서 행복하다.

나는 행복하다.

행복임을 알게 해주는 사람들

Date: 2020년 11월 20일

엄마가 어릴때 아침마다 왔다는 시장을 다녀왔다.
올해 수학여행은 엄마아빠의 고향이다.
새벽같이 눈을 뜨고, 옷을 입고 집을 나섰다.
매우 이른 아침의 공기는 냄새부터 다른 것 같다.
차를 타고 가는 동안 창문 사이로 들어오는 선선한 바람이
나를 더 확실히 깨워 주었다.
배가 고프기에는 이른 시간인데도 엄마가 좋아하는
콩국을 먹으러 그냥 이끌려 가게 되었다.
 포장마차도 아니고 리어카도 아닌데, 그정도 사이즈에
조그마한 가게에 연기가 솔솔 나고 있었다.
엄마는 콩국을 먹으러 간다는 것만으로도 너무나 행복해했다.
한 그릇씩 받아든 콩국은 정말 맛이 있었다.
 이곳에서만 판다고 해서 엄마는 먹을 수가 없고,
엄마가 늘 그리워하고 종종 얘기하던 음식이라
콩국 하면 먹어보지는 않았어도 익숙한 음식이 되어 버렸다.
 한 그릇에 부른 배를 일으켜서
가게에서 일어나 뒤돌아보니 부침개를 굽고 계시는
 할머니가 계셨다.

210

할머니는 뜨거운 기름을 튀기며 가마솥 뚜껑에 뒤집개로
부침개를 여러차례 뒤집고 계셨다.
엄마는 먹고 싶은 것 보다 할머니의 고생스러운 손이
마음 아프다며 무척 사드리고 싶어했다.
그래서 우리는 콩국으로 배는 불렀지만,
부르지 않다고 생각하고 다시 앉게 되었다.
사실 나는 아침부터 기름진 부침개는 잘 먹어질 것 같지
않아서 아무런 기대도 없고,
아무런 표정도 없이 앉아 있었던 것 같다.
그러나 부침개가 접시에 담겨 나왔을때, 엄마가 한 입
크기로 찢어 간장에 적어 내 입에 넣어 주었다.
"와!"
난 깜짝 놀랐다.
보기에는 다른 부침개랑 다를 바가 없는데 정말 맛있었다,
그 자리에서 동생들과 부침개 7개를 먹고 10장을
싸달라고 했다.
더 놀란건 부침개가 한장에 천원 이라는 것이다.
아무리 많은 사람이 와서 사 먹는다 해도

얼마 못 벌 것 같은 가격인 것 같은데...
게다가 그리 많은 사람들이 오가는 것도 아니었다.
돈에 대한 크기를 아직 잘 모르지만,
부침개가 천원이라는 것이 싸다는 것은 너무나 잘 알겠다.
그러나 할머니는 그런게 중요한 게 아닌 것처럼 보였다.
부침개를 우리가 맛있게 먹는 걸 보시고 흐뭇해 하시며
"더 부쳐 줄까?" "많이 먹어라" "아이고 이쁘네" 하신다.
그동안 살아온 시련은 다 괜찮다는 듯 웃고 계시는
반달 모양에 주름진 눈매가 내 마음을 선하게 녹여
주는 것 같았다.
이쁘다는 말이 이런 할머니의 웃음을 두고 하는 말이 아닐까,
혼자 속으로 생각해 보았다.
시장 안으로 들어가서 잘 익은 감을 바구니에 담아
팔고 계시는 아주머니 한분이 맛있다고 큰소리로
오라고 하셔서 우리는 모두 일제히 감을 바라보았다.
얼마나 맛있을지 머릿속으로 생각하고 있었나보다.
엄마는 5천원치 담아달라고 웃으면서 얘기를 하자마자
검정 비닐봉지에 감을 담기 시작하는 그 아주머니의 손은

엄청 빠르고 인정은 가득 넘치고 많았다
누가봐도 어떻게 저렇게 많이 주고 5천원 만 받을까
싶었는데 아주머니가 하시는 말은
"많이 줬어. 애들 많이 먹여야지" 하신다.
엄마는 어쩔 줄 몰라 하며 다른 사람한테 더 많이
팔아야 하는데 미안할 정도로 너무 많이 주셨다고 말했다.

엄마가 살았던 이 고향에서
엄마가 아침마다 왔다는 이 시장에서
난 여러가지를 볼 수 있었지만,
그 중에서 다른 곳에서는 볼 수 없는 것을 보게
되었다.

그곳에서 내가 바라본 사람들은
돈을 벌기 위해 일을 하는게 아니었다.
돈을 벌기 위해서가 아니라 더
즐겁게 살아가기 위해서
또 살아가는 더 높은 가치는 서로를 위해주는

마음 이라는 것을 알고 일을 하고 있었다.
내가 더 많이 팔아야지 하는 경쟁이 아니라
앞에 있는 할머니가 장사가 안 되면 같이 걱정해주고,
서로 팔아주기도 하며,
손님이 오면 가족처럼 더 먹이고 더 주고 싶은 마음으로
대하는 할머니와 이모들의 마음이 너무나 따뜻하고
기분 좋게 하며,
나도 다른 사람에게 이렇게 해야 겠구나. 하는 마음이
절로 들게 했다.
이렇게 살아가는 것이 행복임을 알게 해주는 사람들을
만나서 난 참 좋았다.
이곳에서 행복하게 살아가는 소리를 난 분명히
들을 수 있었다.
살아가면서 필요한 것들은 서로 나누며 서로 채워주며
하루 일을 즐겁게 보람되게 만드는 것은
이런 마음 때문일 것이다.
오늘은 나에게 많은 공부가 된 날이다.
모든 것이 고마운 날이다.

돈을 벌기 위함이 아니라
더 즐겁게 살아가기 위해서라는 것을

또 살아가는 더 높은 가치는
서로를 위해주는 마음이라는 것을
말해주고 있었다.

나는 나다.

Date: 2020년 12월 23일

난 프레디 머큐리를 좋아한다.

왜냐고??

난 이 사람만큼 색깔이 분명한 사람을 보지 못했다.

당당하게 자신을 비추인다.

난 요즘 퀸의 노래에 빠져있다.

노래만 들어도 색깔이 보인다. 그림이 보인다.

노래만 들어도 감정이 울렁인다.

음악을 잘 모르지만 음악을 좋아한다.

살아가면서 음악이 없다면 얼마나 건조하게 느껴질까.

상상하기도 싫다

오늘은 내가 쳐다보는 저 하늘도 개성이 있네!

산타 할아버지

나는 힘들거나 속상할때, 마음의 파장이 심할 때,
산타 할아버지를 생각하면 다시 웃을 수가 있다.
매년 이맘대만 되면, 내가 잠이 들었을 때 조용히
찾아와 나를 꼭 안아주고 간다.
그때에 난 그 뜨거운 가슴을 환한 불꽃을 보듯
온몸으로 느낄 수 있다.
산타할아버지의 세상에서 가장 선한 사랑을 내 가슴속에
쏙 넣어주고 가는 것이다.
하지만, 내가 알고 있는 많은 사람들은
대체로 산타 할아버지를 믿지 않는다.
아마 보이지 않기 때문일 것이다.
나의 사촌형도 산타할아버지를 믿지 않는다.
보이지 않지만, 아니 보이지 않아서 나의 마음을 안아주는 것
같다고 말하면,
그건 거짓말이라며, '울면안돼' 라는 노래도
어른들이 아이들이 울지말라고 꾸며서 만들어 낸 거라고
말했다.
나는 크리스마스 선물도 진짜 있다고 말하지만,

그건 엄마 아빠가 준 거라고 너의 믿음의 증거가
있느냐고 물어본다.
그런 얘기를 들으면 참 아쉽다.
그리고 조금은 무섭다.
나도 나중엔 믿지 못할까봐,

나는 어릴 때 부터 산타 할아버지에 대한
이야기를 들어왔다.
그리고 매년 산타 할아버지의 선물을 받았다.
내가 조금 크고 글을 읽을 수 있을 때 부터는
산타 할아버지의 편지도 받고 있다.
내가 조금 부족한 부분이 있다면,
산타 할아버지는 나에게 그 부분을 채워 주셨다.
'용기'라는 선물을 1년동안 주시고,
'의지'라는 선물은 작년에 받았었다.
엊그제는 '친절'이라는 선물을 받았다.
하지만, 이 모든 것은 내가 먼저 마음을 냈을 때
할아버지가 이끌어 주어 이루어 질 수 있다고

편지에 적어 주셨다.
그래서 난 그걸 실천해 보았고,
해마다
산타할아버지의 선물은 나에겐 큰 힘이 되고 있다.
1년동안 나는 할아버지의 선물로 나는 무르익어 간다.
그래서 그런지 난 크리스마스가 무척 기다려지고,
할아버지를 보고 싶다.
엄마는 7살 때 담벼락 넘어로 아무도 없는 유치원
앞마당에서 산타할아버지가 썰매를 타고 내려앉는
모습을 보았다고 한다.
아주 짧은 순간이어서 다시 보려고 하니 사라졌다고
한다.
그리고는 지금까지 보지 못했다고 했다.
가장 선한 마음을 가졌을 때 진짜를 볼 수 있다고 했다.
난 산타 할아버지가 보고 싶다.
하지만, 내마음이 가장 선한 상태가 되기에는
난 이미 조금은 뉘우칠 것도 많고,
잘못 된 생각을 하는 것도 많은 것 같다.

그래서 약간의 시간이 필요하다.
언젠가 산타할아버지를 만나 이번엔
    내가 꼭 안아줄 것이다.

    크리스마스 영화에서 나온 한 대사가 생각이 난다.
" 해님이 지평선 넘어로 사라졌을때,
    해님이 다시 올라 올 거라고 믿지?
    그런데 해님이 구름에 가려서 안보인다고
    해님이 있다는 걸 믿지 않을까?
그것처럼 계속 믿으면 돼!
    언제나 나는 너 속에 있으니까... "